馬可瓦多

伊塔羅．卡爾維諾

Marcovaldo

Italo Calvino

ovvero Le stagioni in città

倪安宇 譯

黃亮昕 圖

目次

春天

1 市區的蘑菇

風，從遠方來到城市，帶著不尋常的禮物，但只有少數敏感的人才察覺得到，像有花粉熱毛病的，就會因為別處飄來的花粉而打噴嚏。

一天，不知從哪裡來了一陣夾帶著孢子的風，於是蘑菇在市區街道的花壇上萌芽了。沒有人發現，除了小工馬可瓦多，他每天早上都在那裡等電車。

這位馬可瓦多對城市的生活不是很適應：廣告招牌、紅綠燈、櫥窗、霓虹燈、海報，裝腔作勢地想吸引人注意，但是他就像行走在沙漠上從未停駐過目光。相反地，一片高掛在樹枝上枯黃的葉子，一根纏懸在紅瓦上的羽毛，他卻不曾遺漏；馬背上的牛虻、桌上的蛀洞、人行道上壓扁的無花果果皮，馬可瓦多不會不注意到；四季的變化、心裡的慾望和自己微不足道的存在，也不是理性的對象。

這樣，一個早上，在等著電車來載他去公司Sbav上工時，馬可瓦多在站牌附近注意到一些奇特的東西：沿著林蔭大道鋪滿石板並消過毒的花壇上，在某幾處樹樁，似乎鼓起了腫塊，這裡那裡的微露著地下的圓形體。

他彎下身去繫鞋帶以便看清楚點：是蘑菇，真的蘑菇，正在市中心萌芽！對馬可瓦多而言，他周圍這個灰色而貧乏的世界，彷彿在一瞬間因為這批不為人知的寶藏而變得豐盛肥沃。而且，生命中除了以小時計酬的雇員薪水、額外的工資補助和家庭津貼外，還是有某些東西可以期待的。

這天工作得比以往都要更心不在焉；老想著當他在那兒搬卸盒子、箱子的同時，那些只有他知道的蘑菇，在幽暗的土地上寂靜、慢慢地成熟那多孔的果肉，吸取地下的水分，蹭破土地表層。「只要下一晚上的雨，」他自言自語道：「就可以採收了。」並急著讓他太太和六個孩子知道這項發現。

「我跟你們說，」馬可瓦多在少得可憐的晚飯時宣布。「在一個禮拜之內我們有蘑菇可以吃！很棒的油炸蘑菇喔！我向你們保證！」

然後對那些較小的，還不知道什麼是蘑菇的孩子們激動地解釋各品種蘑菇的美麗，它們鮮美的滋味，還有烹煮的方法，這樣就可以把他太太朵米蒂拉硬拖進來參與討論。因為她始終一副懷疑和漠不關心的樣子。

「這些蘑菇在哪裡？」孩子們問。「告訴我們蘑菇長在哪裡！」

對於這個問題，馬可瓦多基於多疑的理由煞住了他的興奮：「哎，我一跟他們說出位置，他們和平日混在一起的野孩子一齊去找，然後消息會傳遍整個社區，蘑菇就都到別人的鍋子裡了！」這個推測立刻填滿了那原來充滿著大愛的心靈，擔心、嫉妒及冷漠把心關閉起來，現在他只渴望擁有。

「蘑菇的位置我知道，而且只有我知道，」跟孩子們說，「你們要是在外頭走漏一句話，就該倒楣了。」

第二天早上，當馬可瓦多走向電車站時，滿是掛念。他蹲在花壇上，看到蘑菇長大了，但並不多，幾乎還完整的藏在地下，才鬆了一口氣。

他就這麼蹲著，直到察覺有人站在身後。他猛地站起身來並試著裝出若無其事的樣子。一個清道夫正倚著掃把看著他。

管轄這片蘑菇生長區域的清道夫是一個戴眼鏡的年輕人，瘦高個兒，叫阿瑪弟吉，對馬可瓦多一向不太友善。或許是因為已習慣於透過那副眼鏡在柏油路上探測搜尋每一個大自然留下待清掃的痕跡。

那天是星期六，馬可瓦多有半天的空檔都消磨在花壇附近，魂不守舍地轉來轉去，眼睛遠遠地盯著那個清道夫和蘑菇，同時心裡盤算著還要多少時間蘑菇才會長大。

晚上下起雨來：馬可瓦多是全市裡唯一如同久旱逢甘霖的農民因為雨聲而興奮地跳起來的一個。他爬起來坐在床上，叫醒全家。「下雨，下雨耶，」吸著潮濕的塵土味，還有從外面飄來的新鮮霉味。

星期天清晨，帶著孩子和一個借來的籃子，馬可瓦多衝向花壇。蘑菇都在，站得筆直，小帽子在水汪汪的地上高高揚起。「萬歲！」全體立刻埋頭開始採摘。

「爸！你看那邊那位先生摘了多少！」小米開爾說。做爸爸的抬起頭來看見，站著他們旁邊的阿瑪弟吉也挽著滿滿一籃的蘑菇。

「啊！你們也來採？」清道夫說。「那麼是真的好吃囉？我摘了一些，但是又沒有把握……。更那邊一點的大道上還長有更大朵的蘑菇……，好，現在我知道了，我得去通知我的親戚，他們正在討論要不要摘……」便大踏步走開了。

馬可瓦多一句話都說不出來：還有更大朵的蘑菇，而他竟然不知道。眼睜睜地看著一次意外的收穫就這樣變成別人的。他有好一會兒幾乎氣傻了，然後——有時候會發生——因為個人情感的崩潰使得他突然慷慨起來。在那個時候，有很多人正在等電車，由於天氣仍不穩定而且潮濕，大家手臂上都吊掛著雨傘。「喂！你們這些人，今天晚上想吃油炸蘑菇嗎？」馬可瓦多對站牌附近擁擠人群喊道。「在馬路上長出了蘑菇！你們跟我來！每個人都有份！」之後他就緊跟著阿瑪第吉，而他身後則緊跟著另一群人。

大家都找到了蘑菇，沒有籃子的，就把蘑菇放在打開的雨傘裡。某個人說：「如果我們一起辦個午宴一定很棒！」但最後，所有人都帶著各自的蘑菇回到自己家裡。

不過他們很快又重新見面了，就在同一天晚上，同一家醫院的病房裡，由於食物中毒來洗胃：中毒都不嚴重，因為每個人吃的蘑菇數量並不多。

馬可瓦多和阿瑪弟吉正躺在相鄰的病床上，怒目相視。

夏天

2 長凳上的假期

每天早晨上班途中，馬可瓦多都會穿過一個綠蔭廣場，是一方夾在十字路口中央的畸零公園。他抬眼望進七葉樹，那兒茂密的枝葉讓金黃色的陽光只得以投影於清澈的樹葉中，然後傾聽看不見及走調的麻雀的嘈雜。對他而言，那是夜鶯的聲音，喃喃自語道：「噢，真希望能有一次在婉轉鳥叫聲中醒來而不是被鬧鐘、剛出生的保羅的尖叫和我太太朵米蒂拉的斥罵所吵醒！」或是：「噢，如果我能在這兒入睡，在這新綠叢中而不是在我那低矮悶熱的房間裡；在寧靜中而不是在全家的鼾聲夢囈及路邊的電車聲裡；在深夜大自然的幽暗中而不是在百葉窗放下後路燈射入的條紋光線裡；噢，我多希望能一睜開眼睛就看到綠葉及藍天！」每天帶著這些念頭，馬可瓦多開始他一天八個小時——還有加班——不合格的工作。

廣場的一個角落，在七葉樹的圓斗下，有一張半隱於僻靜中的長凳。馬可瓦多早已選定為他的。在那些夏日夜晚，當在擠著五個人的房間內無法入睡時，他像夢想著皇宮眠床的流浪漢一樣夢想著那張長凳。一個沉寂的晚上，在太太打呼而小孩們於睡夢中踢滾時，馬可瓦多從床上起身，穿衣服，挽著枕頭，出門朝廣場走去。

那兒是涼爽和寧靜。他已經預先感受到與木板凳接觸——他相信——的柔軟舒適，才不會像家裡那張疙疙瘩瘩的床墊；他要先看上分鐘的星星，然後在填平一天所有傷口的睡意中閉上眼睛。

涼爽和寧靜是有的，但椅子被占了。那兒坐著一對熱戀的情侶，彼此望進對方的眼睛裡。馬可瓦多小心謹慎地避開了。「已經晚了，」他想，「他們總不會露天過夜吧！情話綿綿總會結束的！」

但是那兩個根本不是在輕聲耳語：他們在吵架。情侶吵架永遠沒辦法說準什麼時候結束。

男的說：「可是妳不承認妳早就知道剛才那樣說只會讓我不高興，而不像妳假裝以為的會讓我高興？」

馬可瓦多了解這場爭執將會持續很久。

「不，我不承認，」女的說。而馬可瓦多早就預料到了。

「妳為什麼不承認？」

「我永遠也不會承認。」

「噯呀，」馬可瓦多想。緊夾著腋下的枕頭，決定去轉一圈。他去看月亮，如此飽滿，高懸於樹梢和屋頂之上。回身走向長凳，為了擔心打擾到那兩個人而稍微繞遠了一點，但事實上他心裡希望的是讓他們覺得無聊以誘使他們離開。但是他們太激動於討論以致根本沒注意到他。

「那麼妳承認囉？」

「不，不，我絕不承認。」

「那姑且假設妳會承認？」

「姑且假設我會承認，我才不承認你要我承認的事！」

馬可瓦多又回頭去看月亮，然後去看稍微遠一點的紅綠燈。紅綠燈閃著黃色、黃色、黃色，持續不停地亮了又亮。馬可瓦多比較起月亮和紅綠燈。神祕而蒼涼的月亮也是黃的，但其實是綠的甚或是藍的，而紅綠燈則是庸俗的黃。月亮如此沉靜，偶爾被薄薄的殘雲遮掩，但她一派莊嚴毫不理會，不慌不忙地放射她的光；而紅綠燈則在那兒汲汲營營地一閃一滅、一閃一滅的假活潑，疲累而奴隸。

馬可瓦多再去看那個女孩承認了沒有：才怪，沒有承認，不過現在不再是女的不承認，而是男的。情形全然不同了，這回是她向他說：「你承認囉？」而他說不。這樣過了半個小時，終於男的承認了，或者是女的承認了，總而言之，馬可瓦多看到他們兩個站起來手牽著手離開。

跑向長凳，倒身下去，但同時，原先期望的那份甜美在等待中已經不再有心思感受了，他記得連家裡的床也沒有那麼硬。不過這些是枝微末節，他要好好享受露天夜晚的意念並未動搖：把臉埋在枕頭裡等候長久以來不曾有過的睡意。

SPA
HOTEL

現在他找到了一個最舒適的姿勢。不管發生天大的事也不願意移動一分一毫。唯一遺憾的是這種躺法，他的目光不得不看到天空和綠樹以外的東西，使得他無法在絕對的大自然寧靜中因睡意闔眼，馬可瓦多面前近處有一棵樹、高高立在紀念碑上的將軍的劍、另一棵樹、巨大的廣告出租招牌、第三棵樹，然後，稍遠處，紅綠燈那個假月亮仍在眨著它的黃色、黃色、黃色。

得說明的是最近這段時間，馬可瓦多的神經系統十分脆弱，儘管他已經累得要命，但只要浮光掠影，或在他腦袋中飄過一樣讓他討厭的東西，他就睡不著。現在讓他不舒服的是在那兒一閃一滅的紅綠燈。它在下面，距離遙遠，眨著一隻黃色的眼睛，如此淒涼：其實沒有什麼好引人注意的。但馬可瓦多大概實在是到了神經衰弱的地步，盯著那重複的閃滅：「有那麻煩傢伙我怎麼睡得好！怎麼睡得好！」把眼睛閉上，覺得那個愚蠢的黃色在眼皮下閃滅；眨眨眼則看到十來個紅綠燈；再睜開眼，還是一樣。

他站了起來。得找個什麼幕簾擋在他和紅綠燈之間。直走到將軍紀念像前環顧四周。在雕像的腳前有一圈桂冠花環，十分厚密，不過已經乾枯並凋零了一半，架在粗短支架上，掛有褪色的彩帶：「第十五團騎兵榮耀歸主週年紀念」。馬可瓦多攀爬到底座上，拉起花環穿過將軍的佩刀。

夜班警衛托那昆奇騎著腳踏車巡邏穿過廣場，馬可瓦多躲到雕像身後。托那昆奇從地上看到紀念碑的影子在動，充滿疑惑地停了下來。察看佩刀上的那圈花環，覺得有些東西不對勁，但又不知道是什麼東西。用手電筒照著上方念道：「第十五團騎兵榮耀歸主週年紀念。」晃晃頭表示贊同便離開了。

為了讓托那昆奇走遠一點，馬可瓦多又在廣場上繞了一圈。在附近一條路上，有一組工人正在修理電車軌道調換器。深夜裡，空無一人的道路上，那一小群男人在焊工氣焊機的閃光下蜷縮著，聲音在街頭迴盪然後立即消失，彷彿他們所做的事白晝的居民永遠不應該知道似的洋溢一股神祕的氣氛。馬可瓦多靠近，專注地看著火焰、工人的動作，注意力開始有些遲頓，眼睛也因睡意越來越小。在口袋翻出一根香菸，好讓自己清醒些，可是沒有火柴。「誰幫我點個火？」他問工人。「用這個？」持氫氧焰的男人說，噴射出一串火花。

另外一個工人站直，把點著的香菸遞給他。「你也值夜班？」

「不，我做白天的。」馬可瓦多說。

「那這個時候在這幹嘛？再過一會兒我們也下班了。」

回到長凳躺下。現在紅綠燈從他的視線中消失，終於可以睡覺了。

原先他並沒有注意到噪音。現在，那個嗡嗡聲，像是悲傷的抽噎，連在一起又像是沒完沒了的在清嗓子，在嘶嘶作響，占據了馬可瓦多的耳朵。再也沒有比焊鐵這種低呢更惱人的噪音了。馬可瓦多像原來那樣蜷曲著，一動也不動，臉埋在枕頭溝褶裡，無法擺脫，而且噪音不斷讓他想起那會噴出金黃火花的灰色火焰所照亮的場景，臉上罩著墨色護目鏡蹲在地上的男人們，焊工握在手中因快速震動而跳躍的焊槍，工具車周圍的淺淺光暈，直碰到電線的高高架起的工作檯。他睜開眼睛，在長凳上翻個身，盯著樹枝空隙間的星星。遲鈍的麻雀繼續在葉間睡著。

像鳥一樣酣睡，有隻翅膀讓你埋頭，一個帶葉樹枝的世界懸吊在地面世界的上方，只能略略猜出下面發生的事，朦朧而遙遠。只要開始不再接受目前的狀態，誰知道能到達另一個怎樣的境界：如今連馬可瓦多也不清楚需要什麼東西才能讓自己睡著，就算一種真實和絕對的安靜對他也已不足夠，他需要的是在靜謐中最柔軟的沉著聲音，或是飄過濃密灌木叢的一縷風，或是噴湧而出流失在草地上低語的水。

腦袋裡有個主意，便站了起來。也不完全是個主意，因為那淺淺的睡意讓他還十分混沌，不清楚到底是怎樣的想法；但好像在記憶中那附近有什麼東西是跟水有關的，跟輕聲細語吱吱喳喳的流動有關。

的確那兒有座噴水池，就在附近，一件傑出的水利工程和雕刻作品，仙女、牧神、河神組成了噴流、瀑布和一組人工噴泉。只是水池是乾的：夏天夜晚，是導水管最不敷使用的時候，所以他們把水池關了。馬可瓦多有點像夢遊者似地在周圍轉來轉去，主要是直覺而不是理性告訴他說一個水池一定有水龍頭開關。有辨別能力的人，就是閉著眼睛也能找到他要的東西。打開水龍頭：從貝殼、鬍子、馬鼻子開始冒出激昂的水柱，假山因閃閃發光的水蓬而模糊，所有這些窸窣聲和流瀉加在一起的水聲像是在空曠的廣場上彈奏管風琴。騎著腳踏車心情陰鬱，在各戶門口塞小紙條[1]的夜班警衛托那昆奇，看到噴水池在他眼前一瞬間爆放出來就像一個液體爆竹，差點從椅墊上跌下來。

馬可瓦多為了不讓已經來襲的一絲睡意跑掉，試著儘量避免睜開眼睛，跑向長凳倒下去。現在他宛如身臨激流岸邊，上方是樹林，就這樣，他睡著了。

夢到一頓午餐，為了不讓菜冷掉碟子是被蓋住的。他打開蓋子發現碟子裡有一隻死老鼠，發出惡臭。看他太太的碟子裡，另一隻鼠屍。在孩子們面前的是另外一些老鼠，小一些但同樣已經腐爛。揭開大湯碗的蓋子，看到一隻肚子朝天的貓，然後臭味讓他醒了過來。

不遠處有道路清潔管理處的卡車負責在夜間運走垃圾。在半明半暗的路燈下，馬可瓦多辨認出一顛一簸咕嚕作響的起重機，和筆直站在垃圾堆上方的工人身影，他們用手引導著掛在滑輪上的集裝箱，傾倒於卡車內，用鏟子搗碎，像起重機的拖曳聲那樣低啞斷續地喊著：「抬高……鬆開……滾蛋……」然後一陣如銅鑼失去光澤後的金屬碰撞聲，重新發動引擎，慢慢地，再在稍遠的地方停下，重複一遍所有的操作。

不過馬可瓦多的睡意已入噪音所不能及的地帶，至於那些令人厭惡的刮擦聲，或許是因為垃圾車內已塞滿了結實的垃圾，所以好像被一種寧靜柔軟的光暈包裹住：但是讓馬可瓦多保持清醒的是臭味，一種難以忍受的撲鼻的臭味，於是連那些噪音，已經平息遙遠的噪音，逆光中的卡車及起重機的影像到達馬可瓦多腦袋裡的時候都不再是噪音和視覺，而只是惡臭。焦躁的馬可瓦多試圖用鼻孔想像玫瑰園的芬芳而徒勞無功。

當巡夜的托那昆奇隱約看見一團人影快速爬向花圃，狠狠地扯開毛茛然後消失不見時，汗水濕遍了額頭。但是他想那或許是一隻狗，所以歸捕狗人管；若事關幻覺，理該由精神科醫生負責；否則就是變狼妄想症者，不知道該歸誰管，但只要不是他就好，便轉身躲開。

此時馬可瓦多，回到他的草堆，把鼻子埋到一叢橫七豎八的毛茛裡，想要用它們的香氣來填滿自己的鼻孔：但是他只能從這些幾乎無味的花中擠出那麼一點點芬芳；好在露水、土壤及碎草的清香已經是珍貴的脂膏了。驅除掉垃圾的糾纏而入睡，已是清晨時分。

馬可瓦多頭上突然的天光大亮讓他醒過來，太陽彷彿讓葉子遁了形，然後再重新一點一點地重新回到他迷亂的視線中。而馬可瓦多不能再遲疑，因為一陣哆嗦讓他跳了起來：市政府花匠用消防栓噴灑器淹沒了整個花壇，在馬可瓦多的衣服下匯成小溪流。還有電車、市場運貨車、手推車、小卡車在四周踢蹬，工人騎著小摩托車馳向工廠，店家的鐵門急速向上收，住戶捲起百葉窗，玻璃閃閃發光。眼嘴微黏，背脊生硬，側身酸痛，馬可瓦多惺忪地奔向他的工作。

譯注

1 保全單位塞送印刷好的該公司名稱、地址及服務項目的小紙條以表示當晚已巡察過，同時達到宣傳效果。

秋天

3 市政府的鴿子

在候鳥遷徙的旅程中，或向南飛或向北移，或秋天或春天，很少會經過城市。牠們成群結隊掠過天空，高高翱翔於水平排列的圓形山丘，斜切著森林的邊緣，一會兒好像循著蜿蜒的河流或田地的犁溝，一會兒又好像乘著無形的風。但只要在牠們眼前一出現城市屋頂上的天線，鳥兒就遠離了。

不過，有一次，一群秋天的丘鷸閃現在馬路夾縫的一線天裡，只有馬可瓦多看到，因為他走路時總是鼻子朝天。那時他正騎在一輛三輪小車上，一看到這群鳥就好像要追捕牠們似的使勁地蹬，沉浸在獵人的幻想中，儘管他除了軍槍以外再也沒碰過任何武器。

他這樣踩蹬著，眼睛盯著飛翔的鳥，結果發現自己闖過了一個閃著紅燈的十字路口，卡在汽車中間，而且差一點就被撞倒。當交通警察鐵青著臉記下他的姓名、地址時，馬可瓦多仍繼續追尋著天空飛舞的翅膀，可是牠們已經消失得無影無蹤了。

在公司，那張罰單招來一頓嚴厲的指責。

「要看紅綠燈，懂不懂？」車間主任偉利哲牟先生對他大吼大叫。「你那時候在看什麼？」

腦袋空空。

「一群丘鷸……」他說。

「什麼？」偉利哲牟先生是個老獵人，眼睛閃閃發光。於是馬可瓦多描述起來。

「星期六我要帶上狗和獵槍！」主任愉快地說，忘記自己正在發脾氣。「山上的候鳥開始遷徙了，那群鳥一定是被山上的獵人嚇到，才會偏向城市……。」

這一整天，馬可瓦多的腦袋裡像個磨坊似地轉來轉去。「星期六，山上可能會擠滿獵人，那麼誰知道又將有多少丘鷸會飛來城市；如果我也準備一下，星期天我就有烤丘鷸吃了。」

馬可瓦多住的平民公寓有一個屋頂陽臺，牽著一條條晾曬衣物的鐵線。馬可瓦多帶著三個孩子、一桶黏鳥膠、一支刷子還有一袋玉米上到陽臺。當小孩們忙著把玉米粒灑遍陽臺時，馬可瓦多則用刷子在欄杆、鐵線和屋脊上塗抹黏鳥膠。他塗得非常之多，以至於四處玩耍的小菲利浦差一點也給黏住了。

那天晚上，馬可瓦多夢見在屋頂上遍布著被黏住而跳動的丘鷸。他的太太朵米蒂拉比較貪吃而且懶惰，夢到屋脊上懸掛著已經烤好的金黃色的鴨子。女兒伊索莉娜很羅曼蒂克地夢見可以裝飾帽子的蜂鳥。小米開爾則夢到鸛鳥。

第二天，每隔一小時，就有一個小孩上屋頂去巡察：不過只是把頭從天窗輕輕地探出去，這樣萬一正好有鳥準備停下來，才不會嚇到牠們，然後再下樓去報告消息。可是始終都沒有好消息。直到接近中午，小彼得回來的時候喊著：「有了，爸，快來！」

馬可瓦多帶著一個袋子上了陽臺，在塗著黏鳥膠的鐵線上有一隻可憐的鴿子，是那種習慣於廣場上的人群和吵雜的灰色的市政府鴿子。在牠嘗試要擺脫那根不小心停靠上去的黏糊鐵線的同時，其他鴿子在周圍飛來飛去，悲傷地看著牠。

當馬可瓦多一家正圍著那隻又瘦又多筋的烤鴿子剔骨頭時，聽到有人敲門。是房東的女傭：「我們太太要見您，請馬上來一趟。」

馬可瓦多十分擔心，因為他已拖欠了六個月的房租，恐怕是要下逐客令了。馬可瓦多往貴族層的房東家去[2]，剛進大廳，就看到已經有一位訪客了：上次那位鐵青著臉的警察。

「請進，馬可瓦多，」太太說。「有人通知我說在我們陽臺上有人在捕捉市政府的鴿子，您知道怎麼回事嗎？」

馬可瓦多覺得全身僵冷。

「太太，太太！」恰好有一個女人的聲音喊了起來。

「什麼事，滾達琳娜？」

洗衣婦進來。「我去陽臺曬衣服，可是所有的衣服都給黏住了，我想要把它們拉開，結果全都撕裂了！所有東西都報廢了，怎麼回事？」

馬可瓦多用一隻手捧住胃，好像有什麼東西在裡面不能消化。

2　義大利老式房子的二樓是以前貴族階級居住使用的，挑高、空間比較大；相反的，最後一層樓以前供僕傭居住，屋頂十分低矮。

冬天

4 迷失在雪中的城市

那個早上是寂靜把他叫醒的。馬可瓦多從床上起來覺得空氣中有一些什麼奇怪的東西。認不出那是幾點鐘，從百葉窗縫透進來的光線跟平常白天或夜晚的任何時候都有些不同。打開窗戶：整個城市不見了，被一頁白紙所取代。定睛再看，才分辨出在白色當中，有一些幾乎被塗抹掉的線條仍符合視覺上的習慣：周圍那些窗戶、屋頂和街燈，全被前一天晚上所下的雪蓋住了。

「是雪耶！」馬可瓦多向他太太喊著，或應該說張口想喊，但是聲音一出來就被壓低了。就好像落在線條、顏色和景觀上的雪，也落在所有噪音上，減弱了製造噪音的可能性；在一個滿溢的空間裡，聲音是不會振動的。

電車因下雪而停駛，馬可瓦多只好走路去上班。沿途，他自己開闢出他的通路，感到前所未有的自由暢快。在市區路上，人行道與行車道的區別都消失不見了，車輛不能通行，而馬可瓦多，雖然每走一步就陷入半截小腿，雪水也滲入襪子，但他遊走在馬路中央，踩踏著花壇，任意穿越路口，東搖西擺地前進，他是自己的主人。

所有大小道路像沙漠般無邊無際地展開，如同夾在陡峭山峰中純白的峽谷。被覆蓋於下的城市，誰知道是否還是同一個，或者在夜裡已換了另一個？誰知道在白雪下到底還有沒有加油站、書報攤、電車站，或者只是成堆成堆的白雪？馬可瓦多一面走一面幻想著自己迷失在一個不同的城市中：事實上他的腳步正把他帶往每天工作的地方，同樣的倉庫。等走進大門口，這位搬運小工驚訝地發現自己站在一成不變的牆內，彷彿那些讓外頭世界消失的改變，獨獨漏掉了他的公司。

在那等著他的，是一枝比他還高的鐵鍬。車間主任偉利哲牟先生把它遞給他，說：「公司前面人行道上的積雪輪到我們鏟，也就是說輪到你鏟。」馬可瓦多還抱著那枝鐵鍬轉身出去。

鏟雪並不是一件輕鬆的差事，尤其對那些沒吃飽的人而言，可是馬可瓦多卻覺得雪就像一位朋友，撤消了禁錮他生命的牢籠。於是他發奮工作，一大鏟一大鏟的雪花由人行道上飛向路中央。

還有失業的西吉斯蒙多對雪也充滿了感激，他在那天早晨被市政府徵召成為鏟雪工人，終於眼前有了幾天確定的工作。不過他的這種感情，不同於馬可瓦多模糊美麗的幻想，而是精確的計算，要清出這麼多平方米的面積就必須得鏟掉多少立方米的雪；他把目標鎖定在能夠成為小隊隊長，然後——這個志向是一個祕密——再直上青雲。

西吉斯蒙多轉身看到了什麼？一個忙碌的傢伙在人行道上東一鏟西一鏟零亂地用雪把那一段剛清完的行車道又蓋住了。他差點昏倒。跑過去用裝滿雪的鐵鍬指著對方的胸口。「喂，你！是你把雪鏟下來的？」

「啊？什麼？」馬可瓦多驚跳起來，但承認：「喔，大概是吧。」

「好，那你立刻用你的小鏟子把它弄回去，要不然我就讓你把它吃乾淨。」

「可是我應該要鏟掉人行道上的雪。」

「我要鏟的是馬路。那怎樣？」

「不然我要放哪裡？」

「你是市政府的嗎？」

「不是，我是Sbav公司的。」

西吉斯蒙多教他如何把雪堆在路邊，於是馬可瓦多把那一段馬路重新打掃乾淨。心滿意足，鐵鍬插入雪中，兩人注視著完成的作品。

「你有菸頭嗎？」西吉斯蒙多問。

當他們互相為對方點燃半支香菸時，一輛掃雪車駛過，揚起兩大波白浪掉落兩側。在那個早晨，任何噪音都只是窸窣聲：等這兩個人抬起目光，他們清過的那段又重新蓋滿了雪。「發生什麼事了？又下雪了？」抬眼望著天空。那輛車，轉著它的大刷子，已經拐彎了。

馬可瓦多學會把推雪打壓成結實的小牆。如果他一直不斷做這樣的小牆，便可造出完全屬於他的路徑，通往只有他知道的地方，而其他人在這些路裡都會迷失。重建城市，堆積起像房子一樣高的雪山，這樣就沒有人能辨認真正的房子。

也或許其實所有的房子都已變成雪造的了，裡面及外表；一個是有古蹟、有鐘樓、有樹木的雪的城市，一個是可以用鐵鍬打散、再另用一種模式重建的城市。

在人行道邊某一處原來就有一堆龐大的雪。馬可瓦多正準備整壓它以與他的小牆同高時，才發現那是一輛汽車：公司董事長亞伯伊諾的豪華大轎車，全被雪蓋住了。既然一輛車和一堆雪之間的差別這麼微小，馬可瓦多埋首用起鐵鍬來雕刻一輛汽車。他雕得實在很好：在兩者之間還的確分不出來哪個才是真的。為了給這個作品做最後修飾，馬可瓦多用上了一些鐵鍬挖出的廢物：一個生銹的圓罐子作車燈，一片煤氣閥讓車門有了把手。

門房、傳達員和工友一陣脫帽禮，董事長亞伯伊諾從大門出來。有深度近視眼的董事長，自信地快步走向他的汽車，抓住突出的煤氣閥，拉出，低下頭連脖子一起鑽進雪堆中。

馬可瓦多已經轉過街角在中庭清掃。

中庭的小孩做了一個雪人。「它沒有鼻子，」其中一個小孩說。「我們放個什麼東西。胡蘿蔔！」便各自跑回家裡的廚房在蔬果中翻找。

馬可瓦多看著雪人。「就是這樣，沒辦法分辨在雪下面的是雪還是被雪所覆蓋的東西。可是有一種情況除外：人。因為他知道我是我，而不是在這裡的這個東西。」

專注於他的沉思，以至於沒聽到屋頂上兩個男人喊叫：「喂，先生，您移動一下位置！」他們是負責除去瓦片上積雪的人。然後在一瞬間，三百公斤的雪迎頭落下。

小孩帶著他們的戰利品胡蘿蔔回來。「哇！他們做了另一個雪人！」在中庭裡有兩個一樣的玩偶，站得很近。

「我們幫兩個都裝上鼻子！」便把兩條胡蘿蔔分別插在兩個雪人臉上。

馬可瓦多，死多於活地感覺到透過那層把他埋沒和冰凍的白雪有人送來了食物，便咀嚼起來。

「我的媽呀！胡蘿蔔不見了！」小孩們都嚇壞了。

其中一個最勇敢的並不放棄。他還有另一個鼻子可以換：一顆青椒。把它塞給了雪人，雪人狼吞虎嚥地把青椒也吃掉了。

小孩們再試著放上一小根木炭當鼻子。馬可瓦多用盡全身力氣把它吐掉。「救命啊！它是活的！雪人是活的！」小孩們全都跑光了。

在中庭的一角有排放熱氣的閘門。馬可瓦多，邁著雪人沉重的步伐，把自己移到閘門上。雪一塊塊溶化，順著衣服往下流：重新出現一個腫脹並感冒鼻塞的馬可瓦多。

拿起鐵鍬，主要是為了暖身，他繼續在中庭工作。有一個噴嚏停在鼻頭，就停在那裡，沒決定到底要不要出來。馬可瓦多鏟著雪，半閉著眼，而那個噴嚏始終卡在他的鼻尖。突然間：「哈……」幾乎隆隆震耳地：「……啾！」比地雷爆炸還要猛烈。由於空氣急劇地變動，馬可瓦多被震到牆壁上。

可不是一點小變動：這個噴嚏引起的根本是一個龍捲風。所有中庭的雪揚起，紛飛有如暴風雪，然後被上方的漩渦吸進去，撒入天空。

當馬可瓦多從昏厥中重新張開眼睛，整個中庭都是空的，連一片雪花也沒有。在馬可瓦多眼前出現的是一如往日的中庭，灰色的牆壁，倉庫的箱子，那些日常的多角和滿懷敵意的東西。

春天

5 黃蜂治療法

冬天走了，留下風濕病痛。正午和煦的太陽讓人心情愉快，馬可瓦多在公園長凳坐上幾個鐘頭看著新葉冒芽，等著回公司工作。一位老人坐到他身邊來，穿著千縫百補的大衣佝僂著背：退休的李茲耶里先生，孤身寡人，也是這充滿陽光的長凳上的常客。偶爾這位李茲耶里先生扭動兩下，呻吟道：「啊噫！」然後大衣裡的駝背就壓得更彎了。他全身的風濕病、關節炎、腰痛，都是陰冷冬天的產品，而且將跟隨他整整一年。為了安慰他，馬可瓦多向他解釋自己的、他太太的及可憐、長得不太健康的大女兒伊索莉娜不同程度的風濕病。

馬可瓦多每天的午餐都用報紙摺的紙盒子裝著，坐在長凳上把它拆開，然後把那皺巴巴的報紙遞給急切伸出手來，說：「我們來看看有什麼新聞，」的李茲耶里先生。就算是兩年前的報紙，他也讀得津津有味。

這樣，有一天他找到一則關於用蜂毒治療風濕病的文章。

「應該是要用蜂蜜吧，」馬可瓦多說，一如往常的樂觀。

「不，」李茲耶里說，「要用蜂毒，這裡說的，用螫針，」念了幾段給馬可瓦多聽。然後他們便就蜜蜂、牠們的功效和治療費用討論許久。

從那時候起，馬可瓦多走在路上，總豎起耳朵注意每一個嗡嗡聲，眼角追隨著每一隻在附近飛舞的昆蟲。如此，觀察著一隻黃黑條紋大腹便便的黃蜂的行徑，看到牠飛進一個樹洞裡而其他的黃蜂飛出來：微弱的響聲，黃蜂的進出，標示了在這個樹幹中有一個完整的黃蜂窩。馬可瓦多立刻展開獵捕，他把一個底部還殘有兩指深果醬的圓玻璃瓶放在樹的附近。很快地就有一隻黃蜂在旁邊盈盈環伺，並被糖味吸引了進去。馬可瓦多身手敏捷地用紙蓋子把玻璃瓶封起來。

一見到李茲耶里先生，就說：「快，快，現在我幫你打針！」把裝有被囚禁而憤怒的黃蜂小瓶拿給他看。

老人猶豫著，但馬可瓦多無論如何不願意拖延，堅持就在他們的長凳上做實驗：病人也不用脫衣服。李茲耶里先生帶著膽怯和希望，掀起大衣、外套、襯衫的衣角，在揭開穿孔的層層衛生衣時，於腰上找到了一個痛處。馬可瓦多把瓶口貼在那兒，然後抽走作為蓋子的紙片。剛開始一點動靜也沒有，黃蜂停著不動：睡著了嗎？為了叫醒牠，馬可瓦多敲打了一下瓶底。就差這一著：蟲子向前飛馳，螫針刺進李茲耶里先生的腰。老人驚呼一聲，跳起腳來，像檢閱的士兵一樣邁開大步前進。一面揉搓著針刺的地方一面破口咒罵。

馬可瓦多十分滿意，從來沒見過這位老先生如此雄赳赳的挺立。不過旁邊一位警察停了下來，睜大著眼睛看。馬可瓦多把李茲耶里夾在腋下，吹著口哨離開。

玻璃瓶裡裝著另外一隻黃蜂回家。要說服太太接受注射實在不是一件容易的事，但最後馬可瓦多總算成功了。起碼有好一會兒，朵米蒂拉只抱怨黃蜂螫過的灼痛。

馬可瓦多開始全速捕捉黃蜂。幫伊索莉娜注射，又幫朵米蒂拉做了第二次，因為只有規律治療才會見效。再來決定自己也要接受蜂螫。小孩們，大家都知道他們是怎樣的，說：「我也要，我也要，」不過馬可瓦多寧願交給他們玻璃瓶去捉新的黃蜂，以供每日需用。

李茲耶里先生到家裡來找馬可瓦多，並帶了另一位老人，步履艱難的授勳者[3]——烏里克先生，想要立刻開始接受治療。

消息散播出去，馬可瓦多現在工作不斷：隨時要有半打黃蜂的儲量，每一隻待在各自的玻璃瓶中，排在牆板上。把玻璃瓶像擠奶油花嘴似的貼在病人的背上，抽掉紙蓋，等黃蜂螫過以後，像經驗豐富的醫生從容地用浸了酒精的棉花揉擦患部。馬可瓦多家只有一個房間，是全家人睡覺的地方，他們用一個臨時屏風隔開來，這邊是候診室，那邊是診療室。在候診室中，馬可瓦多的太太引進客人並收取費用。小孩則帶著空玻璃瓶到黃蜂窩附近收集備用的黃蜂。有的時候小孩也會被螫到，但是他們幾乎都不再哭，因為知道針螫對健康有益無害。

那一年，風濕病就像章魚的魔爪在大家身上傳開，馬可瓦多的治療法使他聲名大噪。星期六下午，他簡陋的閣樓擠滿了用手撫著背或按著腰的飽受折磨的先生、女士，有些是衣衫襤褸的流浪漢，有些則是慕名而來的富豪人士。

「快點，」馬可瓦多跟他的三個兒子說，「帶著玻璃瓶抓黃蜂，越快越好。」小孩們便出門了。

那是晴朗的一天，許多黃蜂在外面飛舞。通常他們都在離蜂窩所在樹幹稍遠的地方捕捉落單的飛蟲，但是那天，小米開爾為了在最短的時間內抓到最多的黃蜂，走到蜂窩口附近獵捕，「要這樣！」跟他的弟弟說，試著用玻璃瓶往一隻黃蜂停歇的地方罩下去。但是那隻黃蜂每一次飛走就離蜂窩越近，現在牠剛好停在蜂窩口上。小米開爾正要用玻璃瓶堵牠的時候，發現有另外兩隻大黃蜂朝他撲過來好像要螫他的頭。遮護之下，還是感到針螫的劇痛，呼救的同時，也就顧不了玻璃瓶了。沒多久，疼痛被惹了禍的焦慮所取代：玻璃瓶掉到蜂窩裡了，不再有嗡嗡聲，也沒有任何一隻黃蜂飛出來。當一堆厚厚的黑雲帶著震耳欲聾的嗡嗡聲從蜂窩中湧爆出來時，小米開爾後退一步，連喊力氣也沒有了：成群結隊的黃蜂憤怒地挺進！

小米開爾的弟弟聽見他一聲慘叫，而且用這輩子從來沒有過的速度撒開腿跑。若說他身後的那團蜂雲像煙囪的煙，那麼小米開爾就彷彿騰雲駕霧似的在飛奔。

一個被追擊的小孩往哪裡逃呢？逃回家！小米開爾也不例外。

行人根本沒來得及了解那個在隆隆作響的嗡嗡聲中飆射在馬路上的人形與雲之間的奇景是怎麼回事。

馬可瓦多正在跟病人說：「耐心等，黃蜂就來了，」門突然打開，蜂群衝進房間。沒有人看見小米開爾一頭栽進水盆裡：整個房間充滿了黃蜂和徒勞揮動著手臂想要趕走黃蜂的病人，風濕患者奇蹟般的靈巧起來，僵硬的關節在火爆的動作中自動鬆開。

先來了消防隊，之後是紅十字。馬可瓦多因針螫而腫脹、面目全非地躺在醫院吊床上，對同病房其他吊床病人傳來的咒罵聲不敢回嘴。

3 義大利政府為表揚不具響亮頭銜，如博士、律師、醫生等，而又有功於社會，國家的工、商、文化界人士，所特別頒予的稱號，分「授動者」及「騎士」兩種。

夏天

6 一個有太陽、沙粒和睡意的星期六

「為了你的風濕，」職工醫療互助會的醫生說，「這個夏天得好好做個沙浴。」於是馬可瓦多一個星期六的下午便去勘察河濱，希望能找到一個地方既有乾燥的河沙又充滿陽光。但是只要有河沙的地方，就有嘈雜的、生銹的鐵鏈；工作中的老舊挖泥機和起重機像恐龍一樣，在河中挖掘，然後把一大勺一大勺的沙傾倒於停放在柳樹間的營造廠載重卡車裡。挖泥機一排排的桶筆直升起又翻轉下降，起重機長長的頸子則懸掛有涎著河底黑色泥沼的鵜鶘的嗉囊。馬可瓦多彎下身去觸摸沙子，捏在手裡，是潮濕的，是淤泥：即使陽光照射到的地方表面是乾燥易碎的，但一百公分以下仍是濕潤的。

馬可瓦多帶小孩來，原本是希望他們幫忙覆蓋沙子，現在卻欣喜若狂吵著下水。「爸，爸，我們來跳水！去河裡游泳！」

「你們瘋啦？那裡有牌子寫著『游泳危險』！會淹死，像石頭一樣沉到下面去！」然後解釋河底被挖泥機挖空了，變成一個漏斗形會吸入河水形成漩渦。

「漩渦，讓我們看漩渦！」對小孩而言，這個詞充滿了歡樂。

「看不見，你游泳的時候它會抓住你的腳，把你拖下去。」

「那個為什麼沒下去？那是什麼，魚嗎？」

「不是，是一隻死貓，」馬可瓦多解釋道。「因為牠肚子裡都是水，所以浮在上面。」

「漩渦要拉貓的時候是不是拉尾巴？」小米開爾問。

河岸邊的草坡在某個地方開展成一片平坦的空地，有一部巨大的篩洗機，兩個採沙工人正在一鏟一鏟地篩洗沙堆，然後又一鏟一鏟地把沙裝到一艘黑矮的木船上，那是一種駁船，繩繫著一棵柳樹停靠在那裡。兩個長鬍子的工人戴著帽子，穿著夾克在酷熱下工作，不過衣服都破破爛爛的，齊膝的褲子也只是兩片碎布，讓小腿和腳丫子裸露在外面。

那堆日復一日乾燥過、細緻、濾清渣滓的沙子像海沙般潔白，馬可瓦多確定那正是他所需要的。只是發現的太晚了：工人正把它們裝到那隻木船上準備運走……。

不，還沒有：採沙工人裝貨完畢後，伸手抱起一只長頸大肚酒瓶，幾次換手痛飲，便躺在白楊樹樹蔭下等待一天最熱的時刻過去。

「直到他們醒來之前，我可以在他們的河沙中躺著做沙浴！」馬可瓦多這麼想，於是向孩子們低聲吩咐：「快點，來幫我！」

跳到木船上，把襯衫、褲子、鞋子都脫了，鑽入沙堆中。「用鏟子把我蓋起來！」

跟孩子們說。「不，頭不要，我得呼吸，所以它得留在外面！其他部分全蓋起來！」

對小孩來說，這跟他們玩雕沙遊戲一樣。「我們做個人形嗎？不要，做有城垛的城堡！什麼喲，做一個玻璃彈珠的環形跑道才好！」

「現在你們都走開！」馬可瓦多在他的露天石棺下喘氣道。「先在我的額頭和眼睛上擺一頂紙帽，然後你們跳回河岸。到遠一點的地方去玩，不然採沙工人醒過來就要趕我走了！」

「我們可以在河岸牽著木船的繩子帶你遊河。」小菲利浦提議，而且已經把繫船索鬆了一半。

動彈不得的馬可瓦多，撇嘴歪眼的訓他們，「如果你們不馬上離開，要逼我從這裡出來，我就用鏟子打人！」小孩們急忙逃走。

陽光照射，沙堆炙熱，在小紙帽下淌著汗的馬可瓦多忍受著靜止不動在那接受烘烤的煎熬，一面體會辛苦治療或討厭藥品所帶來的滿足感，一面想著：良藥苦口。

微波蕩漾的流水讓馬可瓦多入睡，船索也隨之一扯一鬆。原先小菲利浦已經解開一半的繩結，在這樣的鬆扯之下全解開了。載著沙堆的木船，毫無拘束地滑入河中。

那是下午最悶熱的時候，所有東西都在睡眠狀態：埋在沙中的男人，躉船的藤繩，空無一人的橋，出現在舷側百葉窗低垂的房子。河的水位很低，不過被水流推進的木船避過了那些偶爾冒出的淤泥堆積而成的淺灘，或者只要微微一震船底，就又重新流入較深的一線河水中。

在這樣一次震動中，馬可瓦多張開了眼睛。看到晴空飄過夏天的矮雲。「它們跑得真快，」他指的是那些雲。「儘管一點風也沒有！」然後看到電線：連電線也跑得跟雲一樣快。在身上百來公斤的重壓下，馬可瓦多盡可能的轉動他的視線。距離遙遠綠草如茵的河右岸在快速移動中，灰撲撲距離遙遠的河左岸也在後退當中。理解到自己身處河心，在旅行中；沒有人理他，獨自一人，埋在一艘既沒有槳也沒有舵的漂流的木船上。他知道他照理應該要站起來試圖泊岸，呼叫求救，但同時，沙浴必須靜止不動的想法占了上風，使他覺得有責任盡最大的努力停在那裡，不讓珍貴的治療機會流失。

在那個時候他看見了橋，並由立滿雕像、路燈的欄杆及高聳入天的寬闊拱門，確定了自己的方位：馬可瓦多沒想到自己跑了那麼遠。而當他進入這些建築物投射在身下的陰影範圍時，記起了湍灘。過了橋百來尺的河床有一個落差；木船將會一頭栽進瀑布裡，而他將被沙堆、水流、木船淹沒，沒有任何生還的希望。但即便在那個時候，他主要擔心的仍是沙浴的治療效果將毀於一旦。

等待著傾塌。也發生了：但卻是由下往上翻飛。在那個乾涸的季節，湍灘的邊緣沙洲堆積，有些並因薄薄的蘆葦叢及通心草而成為綠洲。整個木船平坦的龍骨猛然擱淺，船上所載的沙及埋在沙堆中的男人彈跳出去。馬可瓦多覺得自己好像被一尊弩砲發射入空，一瞬間，他看到了下方的河流。或者說，他沒看到河流，只看到河流中熙攘的人潮。

星期六下午，一大群弄潮兒簇擁到那段河流來，偏低的水位只及肚臍，整班小學生在嬉水，還有胖女人、仰浮在水面的男士、穿比基尼的少女、玩鬥牛的油頭青年、小氣墊、氣球、游泳圈、汽車輪胎、長櫓的船、短槳的船、有桅桿的船、橡皮艇、汽艇、救生艇、划船俱樂部的獨木舟、帶著三層刺網的漁夫、使用釣魚線的釣客、打著遮陽傘的老太太、頭頂草帽的小姐，還有狗、狗、狗，從長捲毛狗到聖伯納狗，所以這條河連一公分的水都看不到。在空中的馬可瓦多，不知道自己會掉在橡皮氣墊上，還是端莊秀麗的女士臂彎裡，不過有一件事是肯定的：他一滴水也沾不到。

秋天
7 便當

那個叫做「便當」的圓扁容器的樂趣在於它是可以打開的。光是打開便當蓋那個動作就可以讓人饞得流口水，尤其當一個人還不知道裡面裝的是什麼，因為譬如說那是太太每天早上新準備的便當時。便當蓋揭開後，就可以看到擠壓在內的食物：小香腸加扁豆，或水煮蛋加甜菜，要不然玉米粥加鱈魚乾，就像分布在地球儀上的陸地與海洋一樣，全都在那片圓周中排列成形，儘管東西不多，但看起來十分營養而紮實。打開的便當蓋，變成一個盤子，這樣就有了兩個器皿，可以把食物分類。

小工馬可瓦多，打開便當後趕快吸了一口菜香，握起刀叉：自從他中午不回家改帶便當後，身後的口袋總是裝著包裹好的刀叉。第一叉可以喚醒已經麻木的菜餚，讓蜷縮在那好幾個小時的食物像剛端上桌那樣的立體及有吸引力。認清了菜並不多，他想：「最好是慢慢吃。」其實他早已急忙而貪婪地往嘴裡送進前幾叉了。

剛吃完第一口，馬可瓦多感到冷菜的淒涼，但是馬上便重拾那股歡愉，因為在其中他找到了罕有的親密飯桌的滋味。馬可瓦多現在開始細嚼慢嚥了：坐在公司附近一條林蔭大道的長凳上；由於他家很遠，而每天中午回家既浪費時間又浪費電車車票，所以他把午餐帶在特意去買的便當盒裡，露天吃飯，看著來往的行人，然後喝喝噴水池的水。如果是晴朗的秋天，他就會選那些陽光照得到的位置；樹梢落下的油亮紅葉是他的餐巾；餵香腸皮給那些很快成為朋友的野狗；麵包屑則招來麻雀，當沒有任何人經過林蔭大道的時候。

馬可瓦多一面吃一面想：「為什麼我太太煮的菜，我在這裡吃得津津有味，而在每一個話題都會引起爭吵、眼淚和債務問題的家裡，我卻嘗不出味道來？」又想：「現在我記起來了，這是昨天晚上的剩飯。」再一次心裡感到不痛快，或許因為他吃的是冰冷有點變味的剩飯，或許因為鋁製的便當盒讓食物有一股金屬味，不過在他腦袋裡面轉的是：「哎，即使我離家這麼遠吃飯，朵米蒂拉的想法都還會妨害到我。」

想著想著，察覺到便當已經快吃完了，重新覺得這一餐十分稀有而美味，熱情並虔誠地把便當底最後剩下的吃完，那些最有金屬味的。然後注視著空無一物油汪汪的便當又回復沮喪。

把東西都包好放進口袋，站起身，離工作時間還早，夾克巨大的口袋裡刀叉鏗隆匡啷的敲打著空便當。馬可瓦多或到小酒店叫一杯滿滿的酒，或到咖啡館小啜一杯咖啡，然後去觀賞玻璃櫥窗裡的糕點、一盒盒的糖果和果仁餅，他確信自己不是真的有這個慾望，事實上他什麼也不想要，看一會兒手足球遊戲以說服自己只是想消磨時間，而不是食慾。再回到馬路上，電車又開始擁擠，上工的時刻快到了，他就離開了。

馬可瓦多的太太朵米蒂拉為了某種原因，買進大批的香腸。連續三天晚上馬可瓦多吃到香腸燉蘿蔔。現在，那些大概是狗肉做的香腸，讓他光聞味道就把食慾嚇跑了。至於那些蒼白而削瘦的蘿蔔，是馬可瓦多唯一始終不能忍受的蔬菜。

中午又重演一次：便當裡冰冷油膩的香腸燉蘿蔔。一貫地健忘，他總是充滿好奇、渴望地打開便當，記不起昨天晚餐吃的是什麼，然後每天都同樣掃興。第四天，當他一叉下去，察覺又是不變的菜餚時，從長凳上站起來，一手拿著打開的便當，心不在焉地沿著林蔭大道走去。行人看著這個傢伙一手叉子，一手香腸便當，似乎無法決定要不要吃第一口。

一個小孩從窗口叫道：「喂，你，男的！」

馬可瓦多抬眼，看到在一座豪華別墅的夾樓有一名小孩肘頂著窗臺，面前放了一個盤子。

「喂，你！你吃什麼？」

「香腸和蘿蔔。」

「你真幸福！」小孩說。

「嗯……」馬可瓦多含混應著。

「你看我得吃油炸腦髓……。」

馬可瓦多看了一眼窗臺的盤子，盛著柔軟、卷曲如雲的腦髓。鼻子聳動起來。

「怎麼，你不喜歡腦髓？」問小孩。

「不，他們罰我關在這裡就是因為我不要吃它。我要把它從窗戶丟出去。」

「香腸你喜歡嗎？」

「喔，當然，好像一條蛇……，在我們家從來沒吃過……。」

「那你把你的盤子給我，我把我的給你。」

「萬歲！」小孩高興極了，把雕花的陶盤和細緻的銀叉遞給男人，而男人把自己的便當和錫叉交給他。

兩個人都埋頭吃了起來：小孩在窗臺上，馬可瓦多則坐在對面的長凳上，兩個人一面舔著嘴唇一面說從來沒吃過這麼美味的食物。

突然間小孩肩後出現了手背在臀部的女管家。

「少爺！我的天啊！您在吃什麼？」

「香腸！」小孩說。

「誰給您的？」

「那邊那位先生，」指著中斷了細細咀嚼滿口腦髓的馬可瓦多。

「丟掉！聞這什麼味道！丟掉！」

「可是很好吃……」

「您的盤子呢？還有叉子？」

「在那位先生那兒……」又指指馬可瓦多，他手上串著那一塊咬過的腦髓的叉子停在半空中。

女管家開始高喊：「小偷！小偷！刀叉！」

馬可瓦多站起來，又看了一眼那半塊油炸食物，走近窗戶，把盤子、叉子放在窗臺上，不屑地盯了女管家一眼，然後轉身後退。聽到便當在人行道上滾動，小孩的哭泣，窗戶很不禮貌地砰的一聲被關上。彎下身去撿便當盒和蓋子，有點碰壞了；蓋子蓋不緊。馬可瓦多把東西扔進口袋裡然後回去上工。

冬天

8 高速公路上的森林

寒冷有千百種形式千百種方法在世界上移動：在海上像一群狂奔的馬；在鄉村像一窩猛撲的蝗蟲；在城市則像一把利刃截斷道路，從隙縫鑽入沒有暖氣的住家中。那天晚上，馬可瓦多家裡用盡了最後的乾柴，裹著大衣的全家，看著暖爐中逐漸黯淡的小木炭，每一次呼吸，就從他們嘴裡升起雲霧。再沒有人說話，雲霧代替他們發言：太太吐出長長的雲霧彷彿在嘆氣，小孩們好像專心一意的吹著肥皂泡泡，而馬可瓦多則朝著上空一跳一跳地喘氣，如同轉瞬間消逝的靈機一動。

最後馬可瓦多決定了：「我去找柴火，說不定能找到。」他在夾克和襯衫間塞進了四、五張報紙，作為禦寒的盔甲，在大衣下藏了一把齒鋸，這樣，在家人充滿希望的目光跟隨下，深夜裡出門，每走一步就發出紙的窸窣聲，而鋸子也不時從翻領處跑出來。

到市區裡找柴火，說得倒好！馬可瓦多直向夾在兩條馬路中的一小片公園走去。空無一人，馬可瓦多一面研究光禿禿的樹幹，一面想著家人正牙齒打顫地等著他……。

小米開爾，哆嗦著牙齒，讀一本從學校圖書室借回來的童話，書裡頭說的是一個木匠的小孩帶著斧頭去森林裡砍柴。「這才是需要去的地方，」小米開爾說，「森林！那裡就會有木柴了！」他從一出生就住在城市裡，從來沒看過森林，連從遠處看的經驗也沒有。

說到做到，跟兄弟們組織起來：一個人帶斧頭，一個人帶鈎子，一個人帶繩子，跟媽媽說再見後就開始尋找森林。

走在路燈照得通亮的城市裡，除了房子以外看不到別的：什麼森林，連影子也沒有。也遇到過幾個行人，但是不敢問哪裡有森林。他們走到最後，城裡的房子都不見了，而馬路變成了高速公路。

小孩就在高速公路旁看到了森林：一片茂密而奇形怪狀的樹林淹沒了一望無際的平原。它們有極細極細的樹幹，或直或斜；當汽車經過，車燈照亮時，發現這些扁平而寬闊的樹葉有著最奇怪的樣子和顏色。樹枝的形狀是牙膏、臉、乳酪、手、剃刀、瓶子、母牛和輪胎，遍布的樹葉是字母。

「萬歲！」小米開爾說，「這就是森林！」

弟弟們則著迷的看著從奇異輪廓中露頭的月亮：「真美……。」

小米開爾趕緊提醒他們來這兒的目的：柴火。於是他們砍倒一株黃色迎春花外形的楊樹，劈成碎片後帶回家。

當馬可瓦多帶著少的可憐的潮濕樹枝回家時，發現暖爐是點燃的。

「你們哪裡拿的？」驚異地指著剩下的廣告招牌。因為是夾板，柴火燒得很快。

「森林裡！」小孩說。

「什麼森林？」

「在高速公路上。密密麻麻的！」

既然這麼簡單，而且也的確需要新的柴火，還是學小孩的方法比較好。馬可瓦多又帶著鋸子出門，朝高速公路走去。

公路警察阿斯托弗有點近視，當他騎著摩托車做夜間巡邏時應該是需要戴眼鏡的；但他誰也沒說，怕因此影響他的前途。

那個晚上，接到通知說高速公路上有一群野孩子在拆廣告招牌，警察阿斯托弗便騎車去巡查。

高速公路旁怪模怪樣地張牙舞爪、比手劃腳的樹木陪著轉動大近視眼的阿斯托弗細細察看。在摩托車燈的照明下，撞見一個大野孩子攀爬在一塊招牌上。阿斯托弗煞住車：「喂！你在上面幹什麼？馬上給我跳下來！」那個人動也不動，向他吐舌頭。阿斯托弗靠近一看，那是一塊乳酪廣告，畫了一個胖小孩在舔舌頭。「當然，」當然阿斯托弗說，並快速離開。

過了一會兒，在一塊巨大招牌的陰影中，照到一張驚駭的臉。「站住！別想跑！」但沒有人跑：那是一張痛苦的面像，因為有一隻腳長滿了雞眼。「哦，對不起。」阿斯托弗說完後就一溜煙跑掉了。

治偏頭痛藥片的廣告畫的是一個巨大的人頭，因痛楚用手遮著眼睛。阿斯托弗經過，照到攀爬在上方正想用鋸子切下一塊的馬可瓦多。因強光而眼花，馬可瓦多蜷縮得小小的靜止不動，抓住大頭上的耳朵，鋸子則已經切到額頭中央。

阿斯托弗好好研究過後說：「喔，對。斯達巴藥片！這個廣告做得好！新發現！那個帶著鋸子的倒楣鬼說明偏頭痛會把人的腦袋切成兩半！我一下就看懂了！」很滿意地離開。

四周那麼安靜而寒冷。馬可瓦多鬆了一口氣，在不太舒適的支架上重新調整位置，繼續他的工作。在月光清亮的天空中，鋸子切割木頭低沉的嘎嘎聲遠遠傳送開來。

春天

9 清新的空氣

「這些孩子，」職工醫療互助會的醫生說，「需要呼吸一些清新的空氣，到海拔高一點的地方去，在草地上跑一跑……。」

在這一大家子所居住的半地下室的床與床之間，醫生把聽診器按在小泰瑞莎羽毛未豐的小鳥翅膀般瘦弱的肩胛骨上。床有兩張，但是有四個小孩，全都生病了，從床頭和床腳露出他們的小腦袋，面頰通紅而眼睛晶亮。

「草地像廣場上的花壇嗎？」小米開爾問。

「高到像摩天大樓嗎？」小菲利浦問。

「好空氣可以吃嗎？」小彼得問。

瘦瘦長長的馬可瓦多和他矮矮胖胖的太太朵米蒂拉，各用單肘頂著一個搖晃的櫃子分站兩邊。手肘紋風不動，揚起另一隻手臂又讓它跌在身側，然後一起嘟囔著：「要我們帶去哪裡，八張嘴，債務累累，我們能怎麼辦？」

「我們能送他們去的最好地方，」馬可瓦多更明確一點，「就是大馬路。」

「他們會有清新空氣的，」朵米蒂拉下了結論，「等我們被趕出去，睡在滿天星斗下的時候。」

一個星期天的下午，小孩剛剛痊癒，馬可瓦多帶著他們去山坡散步。他們在城裡住的是離小山最遠的一區，得坐很久很久而且擁擠到孩子們除了身邊乘客的腿以外什麼也看不見的電車，才能到達山坡。慢慢的，電車內開始稀鬆，好不容易騰空的窗戶中出現了向上延伸的公園小徑。他們到達終點站了，開始步行。

剛剛進入春天；樹木在溫和的陽光下發芽。小孩們略微不自在地觀望四周。馬可瓦多領著他們登上一條兩旁都是綠蔭的階梯小路。

「為什麼有樓梯而上面沒有房子？」小米開爾問。

「這不是給房子用的樓梯，這就像一條路。」

「一條路……那汽車怎麼對付這些階梯？」

周圍是公園的圍牆，裡面有樹木。

「沒有屋頂的牆……他們轟炸過？」

「這是花園……中庭的一種……」做父親的解釋道：「房子在裡面，在那些樹木後面。」

小米開爾搖搖頭，不太信服：「可是中庭是在房子裡面，才不是在外面。」

小泰瑞莎問：「住在這些房子裡面的是樹嗎？」

越爬越高，馬可瓦多覺得如釋重負地離開了一天八個小時待在倉庫裡搬箱子的霉味，住屋牆上的水漬，錐形小窗透入的光線中落下的金黃色灰塵，以及夜晚的咳嗽聲。孩子們現在看起來不再那麼蒼白、虛弱，已經快跟陽光和綠地結合在一起了。

「你們喜歡這裡嗎？」

「喜歡。」

「為什麼？」

「沒有警察。可以拔花草，可以丟石頭。」

「呼吸呢？你們深呼吸啊？」

「不要。」

「這裡空氣好耶。」

小孩嘰咕道：「怎麼搞的，他什麼也不懂。」

他們幾乎走到了山坡的最頂端。轉一個彎，下方遙遠的城市在道路織成的灰色蜘蛛網上延伸但輪廓渺茫。孩子們在草地上打滾，好像這輩子沒做過別的。颳過一絲風，已經是傍晚了。城裡點起一些朦朧閃爍的燈光。馬可瓦多重新體會到當年年輕時來到城市，就好像對某個不知名的東西有所期待的一股感情，被那些道路、那些燈光所吸引。燕子從空中往城市俯衝而去。

必須回到下面的沮喪侵蝕著他，在擠成一堆的景物中辨認他那昏暗的住宅區：看起來像是鉛灰色的荒野，停滯不動，被魚鱗般緊密的屋頂和光禿禿煙囪飄出的點點輕煙所掩蓋。

天氣開始轉涼了：或許應該要招回小孩。可是看到他們安詳地爬在低矮的樹枝上搖晃，又取消了念頭。小米開爾來到他身邊問：「爸，為什麼我們不來這裡住？」

「唉，真笨，這裡沒有房子，才沒有人住這裡！」馬可瓦多生氣地回答，因為他也正幻想著能在這上面生活。

小米開爾：「沒有人？那麼那些先生呢？你看！」

天空轉為陰鬱，從下方的草地走來了一群不同年齡的男士，全都穿著笨重、像睡衣的灰色高領衣服，也都戴著便帽和手杖。他們成群結隊地走近。有些人一面高聲談笑，一面用手杖頂著草皮，或把彎柄掛在手臂上拖著走。

「這些人是誰？他們去哪裡？」小米開爾問爸爸，而馬可瓦多閉著嘴看著他們。

有一個人靠過來；是一位四十歲左右的高大男人。「晚安！」他說。「你們從城裡帶了什麼消息來嗎？」

「晚安。」馬可瓦多說，「您指的是什麼消息？」

「沒什麼，只是說說而已，」男人停下腳步；他有一張寬而白的臉，只在面頰上有一記玫瑰色或紅色像陰影的印子。「對從城裡來的人我都這麼說。我在這上面已經待了三個月了，你懂了吧。」

「都不能下去？」

「天曉得，要看醫生高興！」大笑幾聲。「還要看這裡！」用手拍著胸口，又大笑了幾聲，呼吸有些急促。我已經兩次病癒出院，但是一回到工廠，啪噠，又再度發作！然後他們就把我送回上面來。不過，沒關係。」

「他們也是？」馬可瓦多指著散布在四周的其他男人，並順便用眼光搜尋不見蹤跡的小菲利浦、泰瑞莎和彼得。

「都是度假勝地的伙伴，」男人說，眨一下眼睛，「現在是歸營前的自由時間……我們很早就上床……當然囉，我們不能離開邊界太遠……。」

「什麼邊界？」

「這裡是療養院的土地，你不知道嗎？」

馬可瓦多牽起身邊原來有些害羞的小米開爾的手。夜晚爬上崖岸，再也無法分辨低處的住宅區，看起來並不是它被陰影遮蔽，而是它把陰影擴散到四處。該回家了。「泰瑞莎！菲利浦！」馬可瓦多喊著並開始找人。「對不起，」跟男人說，「我沒看見其他的小孩。」

男人轉身向著一棵櫻桃樹。「在那兒，」他說，「他們在摘櫻桃。」

馬可瓦多看到在一處窪地上有一棵櫻桃樹，周圍那些灰衣服的男人用他們的彎柄手杖靠近樹枝摘果實。快樂的泰瑞莎和另外兩個小孩跟他們一起摘櫻桃，從他們手中拿櫻桃，與他們一起歡笑。

「太晚了，」馬可瓦多說，「會冷，我們回家……。」

高大的男人用杖尖指著在遠方亮起的成排燈光。

「晚上，」他說，「用這根手杖，我選擇一條路，一排街燈，然後這麼跟著，在城裡散我的步……停在櫥窗前，與人相遇，跟他們打招呼……當你們走在城裡，假想一下：我的手杖跟著你們……」

小孩們頭戴著桂冠回來，是住院者編織的。

「這裡真好，爸！」泰瑞莎說。「我們還會回來玩，對不對？」

「爸，」小米開爾忍不住了，「為什麼我們不搬來這裡和這些先生一起？」

「晚了，跟先生們說再見！說：謝謝你們的櫻桃。快！我們走！」

回家的路上，大家都累了。馬可瓦多不回答任何問題。小菲利浦抱在身上，小彼得跨在肩膀上，泰瑞莎用手拖曳著，而年紀最大的米開爾走在大家前面，踢著石頭。

夏天

10 與母牛同遊

城裡的噪音在夏夜從敞開的窗戶進到因熱而無法入睡的人的房間裡，夜間城市的真正噪音，要等到摩托車平庸的嘈雜聒噪稀薄緘默以後才聽得到，從寂靜中出現審慎的、清澈的、漸行漸遠的夜行人的腳步聲，巡夜警衛腳踏車的咿啞聲，遠處微弱的喧鬧聲，還有樓上傳來的鼾息，病人的呻吟，老舊鐘擺每小時的報告時辰。直到黎明時分，勞工家庭的鬧鐘奏起管弦樂，軌道上跑過電車。

一個晚上，擠在邊睡邊流汗的太太和小孩之間，馬可瓦多閉著眼睛傾聽所有這些細微聲響的塵埃從石面人行道滲過低矮的窗戶，落到他半地下室的地上。聽著遲歸女人輕快的鞋跟，撿破爛時停時走穿孔的鞋底，覺得孤單而吹起的口哨，和偶爾一兩句朋友間零碎的談話，不知道說的是關於運動還是金錢。

但是在炙熱的夜晚，那些噪音失去了它們的輪廓，溶化在占據了空曠街道，好像要主宰、權服無人居住領域的悶熱之中。每一個人跡，馬可瓦多都感傷地認他為兄弟，像自己一樣，即便在假日也得為了債務、家庭重擔及過於微薄的薪水釘在那塵土飛揚的火紅水泥爐邊。

彷彿這個無法實現的假期的念頭幫他開啟了夢想之門，馬可瓦多覺得聽到遠處有頸鈴的響聲、狗的嗷叫，還有短促的哞哞叫。可是他的眼睛是張開的，不是在做夢：豎起耳朵找，想為那模糊的感覺找到一個支持，或否定；這回他真的聽到上百的腳步聲，緩慢、分散、低沉、越來越近，壓過其他所有聲音——除了那生銹的頸鈴聲。

馬可瓦多站起來，穿上襯衫、褲子。「你去哪兒？」閉一隻眼睛睡覺的太太問。

「有牛群過街，我去看看。」

「我也要！我也要！」知道應該在正確時機醒來的小孩們說。

那是在初夏夜裡穿過城市到山上放牧的牛群。從睡夢中起來半睜著眼的小孩到馬路上，看見川流的暗灰和花斑牛背擠滿了人行道，磨蹭著貼滿海報的牆壁、低鎖的鐵捲門、「禁止停留」的告示牌及加油機。牠們謹慎的蹄子往下踏一階踩上十字路口，鼻子從不因碰觸到前面牛群的腰腹而驚奇，母牛隨身攜帶著牠們的草料、野花及牛奶味，還有軟綿綿的頸鈴聲，城市似乎與牠們無關，因為牠們就像待在那個有濕潤草地、山霧及激流淺灘的世界裡一樣的專心一致。

看起來沒有耐心的反而是那些因進城而緊張的牧牛人，他們在隊伍旁邊忙碌於無意義地來回跑動，揮舞著棍棒，發出短促的吆喝聲。至於狗，沒有什麼讓牠們高興或嫌惡的，把鼻子抬得筆直誇耀著自己的從容，鈴聲大作地執行任務，但其實仍可以看出牠們的不安和窘迫，否則牠們應該會心不在焉地開始去聞屋角、燈座和路面的斑漬，就像城裡每一隻狗所興起的第一個念頭。

「爸，」小孩說，「母牛跟電車一樣嗎？牠們也停站嗎？終點站是哪裡？」

「跟電車一點關係也沒有，」馬可瓦多解釋，「牠們到山上去。」

「去滑雪？」小彼得問。

「去牧場吃草。」

「牠們踐踏草地不會被開罰單嗎？」

不問問題的只有小米開爾，比其他小孩都大，對母牛已經有他的概念了，正專注於驗證這些概念，觀察那馴服的角、牛背和五顏六色的頸部垂皮。他跟著牛群，像牧牛人一樣在隊伍旁小跑步。

等走完最後一群牛，馬可瓦多牽起小孩的手準備回家去睡覺，可是不見米開爾。走下房間問太太：「小米開爾已經回來了嗎？」

「米開爾？不是跟你在一起嗎？」

「他一定跟牛群不知跟到哪裡去了，」馬可瓦多想，跑回路面上。牛群已經過了廣場，他得找出牠們在哪條路轉了彎。但那個晚上似乎有不同的牛群穿越城市，每一群分別朝著自己的牧場走去。馬可瓦多循線追上一群母牛，不過發現那不是他要找的；在一條橫路看到再往下第四條路那邊有另一群母牛正平行前進，急忙追趕上去，但牧牛人說他們剛遇到另一隊朝相反方向走去。就這樣，直到最後一聲頸鈴淹沒在黎明曙光中，馬可瓦多仍無濟於事地四處亂轉。

接待馬可瓦多登記兒子失蹤案件的警官說：「跟在牛群後面？那他應該是到

山上去度假了，真好福氣。你等著看，他回來的時候一定是黑黑壯壯的。」

警官的臆測幾天後被馬可瓦多公司剛從第一輪休假回來的同事證實了。在離山不遠的地方遇到了小男孩：他跟牛群在一起，要問候爸爸，他自己一切都好。

馬可瓦多人留在酷熱、滿是塵土的城市裡，心卻在他那幸運的孩子身上——他現在一定在杉樹陰影下待著，嘴裡含著一葉青草吹口哨，看著下方草地上母牛閒散地走動，在山窪中傾聽潺潺流水聲。

媽媽卻焦急地盼望兒子回來：「他會搭火車回來？還是公車？已經一個星期了……已經一個月了……天氣要變壞了……」儘管每天餐桌上少一個人是一大慰藉，但她仍不死心。

「他好命，待在陰涼的地方，肚子用牛油、乳酪填得飽飽的。」馬可瓦多說。每一次灰色齒狀浮雕的群山在熱騰騰的路的盡頭若隱若現時，他就覺得自己陷在一口井裡，看著頭上的陽光在槭樹和栗樹的枝葉間閃爍，野蜂嗡嗡飛舞，還有小米開爾在上面，懶洋洋而幸福地，身處牛奶、蜂蜜和一叢叢的桑葚之中。

其實他每天晚上也都期待著兒子回來，只是不像孩子的媽那樣惦記著火車和公車時刻表：夜晚他聆聽路上的腳步聲，就好像房間的窗戶是貝殼口，貼住耳朵，使人憶起山岳的響聲。

就這樣，一個晚上，馬可瓦多突然從床上坐起來，不是幻覺，他聽到砌石地上漸行漸近、獨特的分趾蹄的踏步聲，夾雜著叮噹的頸鈴。

馬可瓦多和全家跑到馬路上，又看到了緩慢而莊嚴的牛群。在這當中，跨騎在一隻母牛背上，雙手緊握項圈，頭隨著前進步伐左右蹦晃，處在半睡眠狀態的，正是小米開爾。

大家把他舉起來，擁抱他並親吻他。小米開爾有點暈頭轉向。

「你好不好？天氣好吧？」

「嗯……好……。」

「有想要回家嗎？」

「有……。」

「山上漂亮吧？」

小米開爾站在大家對面，皺起眉頭，目光冷硬。

「我像隻騾子工作，」他說，然後往前面吐了一口口水。現在他有一張男人的臉。「每天晚上我要把擠奶工人的木桶從這頭牛移到另一頭牛那裡去，搬過來搬過去，然後倒進馬口鐵桶裡，速度要快，越來越快，直到夜晚。一大早再把鐵桶滾上卡車讓他們運到城裡……還要清數。不停地數：牛群、鐵桶，要是算錯就麻煩了……。」

「但你總會待在草地上吧？當牲畜放牧的時候？」

「根本沒有空。老有事做。牛奶、褥草、糞便。我做這些得到了什麼？藉口說我沒有工作合約，你知道他們付我多少錢？少得可憐。但你們要是以為我會把錢給你們，你們就錯了。走吧，回去睡覺了，我累得要死。」

他聳聳肩膀，鼻子吸一口氣便轉身回家了。

路上的牛群漸漸走遠，隨身帶著不真實的、無精打采的乾草味及鈴聲。

秋天

11 有毒的兔子

當出院那天來臨，一個已經能走路的人從早上就在病房裡繞，尋找他出院後的步伐、口哨，在病人面前充健康不是為了讓別人羨慕他，而是因為樂於使用鼓舞的聲調。看著玻璃窗外的太陽，或者看著霧，如果那天有霧的話，歌頌城裡的噪音：一切都和以往不同，之前每個早晨一面感到那來自一個遙不可及的世界的光與音滲進來，一面於床的柵欄之間醒過來。如今外面的世界重新屬於他：病癒者通常自然而然地就認識到這一點；然後在一瞬間，又聞到醫院的氣味。

馬可瓦多一天早晨等著醫生在他的職工醫療證寫上某些東西以便出院時，在身邊察覺到這種氣氛，病癒了。醫生拿著文件跟他說：「在這兒等。」然後留下他單獨一人在診療室裡。馬可瓦多看著他痛恨過的白釉家具，裝滿面目猙獰物質的化學試管，試著以正要離開這一切的想法來振奮自己：可是他沒辦法感受到那份應有的喜悅。或許是因為想起又要回到公司去搬箱子，或許是因為擔心這段時間他的孩子們不知道又惹了什麼麻煩，但最主要的還是因為外面的霧，讓他覺得自己將在一片空茫中離開，融化於虛無的濕氣之內。環顧四周，模模糊糊的感覺到必須要喜歡某樣在那裡的東西，可是觸目所見都讓他厭煩而不自在。

就在那個時候，看見一隻關在籠子裡的兔子。一隻白兔子，有著長而鬆軟的毛，小小的粉紅三角鼻，驚慌失措的紅眼睛，絨毛未豐的耳朵幾乎貼平在脊背上。牠並不胖，但是關在那個狹窄的籠子裡，牠蜷曲的橢圓身軀還是占滿了整個金屬網，因顫抖而波動的長毛一撮撮地伸到外面來。籠外的桌面上，有一些剩的青草和一根胡蘿蔔。馬可瓦多想那隻兔子該有多麼不快樂，被關在那擁擠的空間裡，看著那根胡蘿蔔卻又吃不到。於是他把籠門打開。兔子並沒有出來：牠在那兒停著不動，只有鼻子輕微地抽搐，好像裝腔作勢地咀嚼著東西。

馬可瓦多拿起胡蘿蔔遞近牠，然後慢慢抽回，好引兔子出來。兔子跟著，咬住胡蘿蔔，勤快地就馬可瓦多的手上啃了起來。男人輕撫兔子的背脊，觸摸的同時也掂掂看牠胖不胖。在毛皮下，他摸到一把瘦骨頭。從這一點，再加上兔子啃胡蘿蔔的方式，他就知道醫院一定沒讓牠吃飽。「如果是我養牠，」馬可瓦多想：「我一定把牠塞得圓滾滾的跟球一樣。」他滿是愛憐的看著兔子，就像飼養者在和善照顧動物的同時，預見的是將來烘烤的菜餚。如此，在度過日復一日蒼白的住院期後要出院的那個時刻，發現了一個朋友，一個原本可以填補他的時間及心靈的朋友，但現在他得跟這個朋友分手，回到雲霧瀰漫，再也遇不到兔子的城裡去。

胡蘿蔔幾乎快吃光了，馬可瓦多抱起小動物四處尋找是否還有其他東西可以餵牠。把兔子的鼻子湊近醫生書桌上的一小盆繡球花，不過看起來牠的興趣不大。就在這個時候，馬可瓦多聽到醫生的腳步聲正要進門：怎麼向他解釋為什麼抱著這隻兔子呢？馬可瓦多穿著束腰的工作夾克，匆匆忙忙地把兔子往夾克裡一塞，把扣子扣起來，又為了不讓醫生看到那跳動的一團在胃的位置，便把兔子挪到後面去，頂在背上。兔子被嚇到，一動也不動。馬可瓦多拿回他的文件，為了轉身出去，又把兔子換到胸前。就這樣，夾克裡藏著兔子，他離開醫院去公司上工。

「哦，你終於康復了？」車間主任偉利哲牟看到他來上工。「你這兒長了什麼東西？」指著馬可瓦多凸出的前胸。

「我貼了一塊熱膏藥防止痙攣。」馬可瓦多說。

在那時，兔子剛好扭了一下，而馬可瓦多就像癲癇病患往上一跳。

「誰戳你啦？」偉利哲牟問。

「沒有，我打嗝。」馬可瓦多回答，並用手把兔子推到背後去。

「我看你還有點不對勁，」主任說。

兔子試著要往背上爬，馬可瓦多聳起肩膀讓牠下去。

「你在發抖。再回家休息一天吧，明天你就會好了。」

回家的時候，馬可瓦多像幸運的獵人那樣拎著兔子的耳朵進門。

「爸！爸！」小孩們一面迎上來一面歡呼。「你在哪裡抓到的？送給我們嗎？是我們的禮物？」馬上伸手抓兔子。

「你回來啦？」太太說，從她看他的眼光，馬可瓦多就知道他的住院只增添了太太對他新的怨恨。「一隻活的小動物？你想幹嘛？牠會把家裡弄髒。」

馬可瓦多把桌子清乾淨，把縮成一團試圖就此消失的兔子放在中央。「誰碰牠誰倒楣！」他說，「這是我們的兔子，牠可以安心發胖直到聖誕節。」

「牠是公的，還是母的？」小米開爾問。

馬可瓦多倒沒想過牠是雌兔的可能性。腦子裡迅速閃過一個新的計畫：如果是一隻母的，就可以生其他的小兔子，然後發展成畜牧業。在他的幻想中，家裡濕漬斑斑的牆壁消失無蹤，出現的是田野間的一座農莊。

牠是公的。可是畜牧業的念頭已經進到馬可瓦多的腦袋裡。雖然牠是雄兔，不過是一隻很英俊的雄兔，可以找到牠的新娘和其他辦法來組織一個家庭。

「我們給牠吃什麼，連我們自己都沒得吃？」太太尖酸地說。

「這個我來負責。」馬可瓦多說。

第二天在公司，馬可瓦多從他每天早上帶出去澆水再放回原位的那幾盆主管辦公室的盆栽各拔下一片葉子：這邊拔幾葉寬大亮麗的，那邊拔幾葉晦暗無光的，全塞進夾克裡。接著問一位帶著一小束花的女職員：「妳男朋友送的？可以給我一枝嗎？」把花也放進口袋。對正在削梨的年輕人說：「把皮留給我。」如此，東一片葉子，西一串果皮，再加上花瓣，希望能餵飽小動物。

在某個時刻，偉利哲牟先生派人來叫他。「他們發現植物掉葉子了？」馬可瓦多自問，習慣性地感到內疚。

車間主任那兒有醫院的醫生，兩名紅十字醫務人員，和一位民警。「請注意，」醫生說，「我診療室裡的一隻兔子不見了。如果你知道任何消息，建議你不要使詐。因為我們在那隻兔子身上注射了一種很可怕的病菌，可以傳染全城。我不用問你是不是把牠吃了，否則這個時候你已經不在人間了。」

一輛救護車在公司外等候，大家急忙上車，持續呼嘯著警笛奔馳在馬路和林蔭大道上，往馬可瓦多家開去：沿路留下了馬可瓦多沮喪地從車窗丟出去的一行綠葉、果皮和花朵。

馬可瓦多的太太那天早上不知道拿什麼下鍋。看著她丈夫前一天帶回來的兔子，現在被關在一個塞滿紙屑的臨時籠子裡。「牠來得正好，」自言自語道：「錢嘛是一毛也沒有，月薪也已經拿去支付職工醫療會不給付的額外醫藥費，店鋪又不讓我們賒帳，還談什麼畜牧業或是聖誕節吃烤兔子。我們自己有一頓沒一頓的，還要餵兔子！」

「伊索莉娜，」叫女兒，「妳已經大了，應該學著怎麼煮兔子。妳先把牠殺了，皮剝了，然後我告訴妳該怎麼做。」

伊索莉娜正在讀報上連載的言情小說。不哼哼唧唧的，「妳把牠殺了，皮剝了，然後我再去看妳怎麼煮。」

「好！」媽媽說。「要我殺牠我沒有這個勇氣。可是我知道很簡單，只要拎著耳朵，在牠後腦勺猛敲一下。至於剝皮嘛，待會再看著辦。」

「我們什麼也看不到，」女兒頭都不抬地說，「讓我打一隻活兔子的後腦我不幹，剝皮更是想都不用想。」

三個小男孩豎起耳朵聽著這番對話。

媽媽沉思了一會，看著小孩們，然後說：「男生們……。」

小男孩彷彿約好的，一起轉身背對母親往房間外面走去。

「等一下！」媽媽說。「我是要問你們想不想帶兔子出去。可以在牠脖子上綁條彩帶然後一起去散個步。」

男孩子停了下來，彼此對望。「去哪裡散步。」小米開爾問。

「嗯，隨便走走。然後去找蒂歐蜜拉太太，你們把兔子帶去給她，請她幫忙殺一下兔子，把皮剝了，她那麼能幹。」

做媽的觸到了癢處：她知道小孩子會震懾於他們感興趣的東西，至於其他的，就不願意多想了。於是他們找出一條淡紫色的長彩帶，綁在小動物的脖子上，孩子們像牽狗一樣，手握彩帶，拽著身後不情不願、勒得半死的兔子。

「告訴蒂歐蜜拉太太，」媽媽叮嚀著，「她可以留一隻兔腿下來！不，還是告訴她留兔頭好了。啊，隨便她了。」

當馬可瓦多的屋子被護理人員、醫生、守衛和警察重重包圍時，小孩剛剛出了門。馬可瓦多夾在他們中間半死不活的。「從醫院帶出來的兔子是在這裡吧？快點，指給我們看牠在哪裡，但不要碰牠，牠身上有一種很可怕的病菌！」馬可瓦多帶著大家到籠子前面，但籠子是空的。「已經吃掉了？」「不，沒有！」「那麼牠在哪裡？」「在蒂歐蜜拉太太家！」所有追緝者又開始他們的狩獵。

敲開蒂歐蜜拉太太的門。「兔子？什麼兔子？你們瘋啦？」看著自己家湧進一批穿著白襯衫和制服的陌生人，為了找一隻兔子，老太太差點中風。她對馬可瓦多的兔子毫不知情。

事實上，三個小男孩為了拯救那隻兔子，想好要把牠帶到一個安全的地方，跟牠玩一會兒然後放牠走；所以他們沒在蒂歐蜜拉太太家的樓梯口停下來，而決定爬到屋頂上方的平臺去，準備跟媽媽說兔子弄斷繩子跑掉了。但是再也沒有比兔子更不適合逃亡的動物了。讓牠爬那些階梯就是一個問題：每一階都把牠嚇得縮成一團。最後只好把牠抱在懷裡帶上樓去。

在屋頂平臺，小孩們想讓兔子快跑：牠不跑。試著把兔子放在屋簷上看牠能不能像貓那樣走路：但看起來牠似乎受不了暈眩。又試著把兔子抬到電視天線上看牠能不能保持平衡：不能，直直跌了下來。覺得無聊，小孩扯斷彩帶，留下自由的小動物和牠面前一望無際的傾斜、多角的屋頂，便離開了。

當牠獨處的時候，兔子就開始移動了。試著走了幾步，看看四周，換個方向，轉個身，然後小步小步地輕跳，往屋頂走去。這隻小動物生來就是受束縛的：牠對自由的渴望並非漫無邊際，對牠而言，能夠有這麼一會兒不用害怕就已經是生命中的幸福了。現在牠可以自由移動，周圍沒有任何令牠害怕的事，可以說是牠這輩子頭一遭。這個地方不比尋常，但是牠永遠無法建立什麼東西是、什麼東西不是尋常的清楚觀念。自從牠感覺到體內有一種難以分辨的、神祕的痛苦在侵蝕後，牠對內部的世界越來越缺乏興趣。於是牠踏上屋頂，貓咪們看見牠跳上來，不知道那是誰，都膽怯地後退了。

經過老虎窗、天窗、屋頂平臺，兔子的行蹤並沒有被忽略。有人開始在窗臺上擺盆生菜，然後躲在窗簾後偷窺；有人把梨核丟在屋瓦上，並在旁邊用細繩子布下陷阱；有人在屋簷上拉了一線的胡蘿蔔塊，直通到自家的老虎窗前。所有住在頂樓的家庭都傳頌著一句口號：「今大有燉兔肉——或燴兔肉——或——烤兔子。」

小動物注意到這些詭計，這些靜悄悄的食物供應。儘管牠很餓，仍抱持懷疑。因為牠知道每一次人類試圖用食物引誘牠，就會發生一些不知名的和痛苦的事：把一支針管或手術刀插在牠身上，或把牠塞進一件扣扣子的夾克裡，或用一條彩帶拖著脖子走……。這些醜陋的記憶跟牠體內所承受的痛楚，器官的緩慢變化，和死亡的預感結合在一起。還有飢餓。但牠彷彿知道所有這些不舒適中只有飢餓是可以被減輕的，並承認這些不可信賴的人類——除了給牠殘忍的折磨外——還能給牠——也是牠所需要——一種保護，一種家庭的溫暖，便決定投降，把自己交托給人類的遊戲：聽天由命吧。於是牠開始沿線吃起胡蘿蔔塊，即便清楚知道會再一次成為囚犯，遭受折磨，但是還可以重新品嘗這也許是最後一次的人間蔬菜的美味。牠一步一步地靠近老虎窗，應該會有一隻手伸出來抓住牠：但一切相反，一眨眼間，窗戶關了起來，把牠留在外面。這就牠的經驗而言是反常的：陷阱拒絕彈跳。兔子轉身，尋找身邊其他埋伏的跡象，以便在其中選擇一個值得投降的。可是周圍的生菜被撤走了，繩子散開了，原本在門窗後露面的人都消失不見了，並且關上了窗戶、天窗，屋頂平臺了無人跡。

這是由於一輛警車穿越城市，用擴音器呼喊著：「請注意，請注意！有一隻長毛的白兔子失蹤了，牠患有嚴重的傳染病！找到牠的人請記得牠的肉是有毒的，即使碰觸也有可能傳染有害的病菌！無論誰看見牠，請通知最近的警察單位、醫院或消防隊！」

恐慌在所有的屋頂上傳開。每個人都採取了防禦姿態，一看到那隻兔子柔順的步伐從別的屋頂跳到附近，就發出警報，然後好像大批蝗蟲入侵前夕那樣集體避難失去蹤影。兔子在屋緣猶豫不決地前進，正值牠發覺自己需要與人類親近的時候，這種孤獨感對牠而言更具威脅性，更難以容忍。

同時，老獵人烏利克已經在他的獵槍中裝好打野兔用的子彈，隱蔽在一個平臺上，躲在煙囪後面。當他在霧中看見一團兔子的白影，迅速開火：但是由於他擔心有害動物的激動，散彈射出的扇面偏得遠了一些，打在瓦片上。兔子聽到射擊的回音在身邊迴繞，一粒彈丸打穿了牠的耳朵。搞懂了：這是開戰宣言，所有跟人類的關係自此一刀兩斷。為了表示對人類和隱隱約約感受到的忘恩負義之舉的輕蔑，牠決定了結自己的生命。

一片鋪有金屬鋼板的屋頂斜斜伸出，在虛空，在縹緲的霧中結束。兔子四隻腳搭上去，一開始還小心翼翼的，之後便任憑擺布了。向下滑行，被痛苦包圍淹沒，朝死亡走去。在屋緣，瓦楞托住牠一秒鐘，之後便往下墜落……。

掉在消防隊員戴著手套的手中，他是乘活動電梯爬上來的。連最後這點動物的尊嚴也被阻止，兔子被送上救護車往醫院疾馳而去。在車上的還有馬可瓦多，他的太太和小孩，他們得留院觀察，做一系列的菌苗檢驗。

冬天

12 錯誤的車站

對自己住家舒適程度不滿意的人來說，寒冷夜晚的最佳避難所自然是電影院。馬可瓦多最喜歡的是彩色電影，在大銀幕上你可以擁抱最寬闊的地平線：大草原、嶙峋的高山、赤道叢林，及滿布鮮花的島嶼。他重複看兩場電影，直到戲院關門才離開，思緒仍掛著那些自然景色，並繼續呼吸那些色彩。但是在下著毛毛細雨的晚上回家，在三十路電車站牌下等待，清楚地意識到他的生命除了電車、紅綠燈、半地下室房間、瓦斯爐、晾曬的衣服、倉庫和公司的包裝車間以外，是不可能認識其他景物的。在一種灰白、褪色的沮喪中，電影的光彩華麗都消失無蹤。

那個晚上，他看的是在印度叢林拍攝的電影：從沼澤灌木叢中升起薄霧，蛇沿著藤蔓攀爬在淹沒於莽林中的古老神殿的雕像上。

在電影院出口，他面朝馬路張開眼睛，把眼睛閉回去然後再睜開：什麼都看不到。真的什麼都看不到。連距離鼻前一掌遠的地方都看不到。當他待在電影院裡面的時候，霧入侵了整個城市。濃厚滯重的霧把所有物體和噪音都包捆起來，把一個沒有尺度的空間內的距離全都壓碎，把黑暗中的光線調混成無形無蹤的閃現。

馬可瓦多機械性地朝三十路站牌走去，鼻子直撞上桿子。在那一刻，他覺得很快樂：大霧抹去了周遭世界，讓他的眼睛保留住大銀幕上的景色。連寒冷也不再那麼刺骨，就好像被霧覆蓋住的城市加了一件衣服。穿著厚大衣的馬可瓦多覺得自己被保護在所有外界的感受之外，在虛渺中滑翔，可以用印度、恆河、叢林和加爾各答的影像來彩飾這片虛空。

電車來了，像個幽靈突如其來地出現，遲緩地用力搖著鈴；所有東西都剛剛足以顯現一個輪廓，馬可瓦多那個晚上坐在電車最後面，背對著其他乘客，隔著玻璃窗專注地看著空蕩蕩的夜晚，除了有時被一些模糊的光亮和比黑暗還要深沉的陰影遮擋外，這真是最適合張著眼睛做夢的場景，不管走到哪裡，都可以把無止境的影片投射到自己前方遼闊的銀幕上。

如此幻想著，亂了算站牌的順序，猛然間不知道自己在哪裡，電車幾乎都沒人了。透過玻璃窗觀察外面，由微現的光辨認出下一站就到他家了，及時趕到下車門，下了車。望著四周希望找出一些識別標誌，但是他目光能及的些許光影，沒有一項與他熟悉的景物吻合。他下錯站了，而且不知道自己身在何處。

要是能遇到個過路人，就不難請他指點迷津。但是那一帶可能是荒僻之地，或是時間不對，或是天氣太差，看不到任何人跡。終於馬可瓦多看見一團人影，便等待他靠近。不，人影越走越遠，或許正在穿越馬路，或走在路中央，也可能不是行人，而是自行車手，騎在一輛沒有燈光照明的腳踏車上。

馬可瓦多喊著：「麻煩一下！麻煩您，先生！知道龐卡拉久．龐卡拉傑提路在哪裡嗎？」

人影繼續遠離，幾乎已經快看不到了，回答說在那兒：「在那兒……」搞不清楚他指的到底是哪一邊。

「右邊還是左邊？」馬可瓦多竭力大喊，不知道自己是不是對空詢問。

答案傳來了，或者應該說傳來的是答案的尾巴：「……ㄛ邊！」也可能是「……ㄡ邊！」再說，沒有人看到對方是面向什麼方向站的，所以左邊、右邊都沒有任何意義。

馬可瓦多現在朝著人行道另一邊的微光走去，看起來就在前面不遠。事實上，距離一點也不近：得穿過一片廣場，中間有一圈綠草如茵的圓環，以及強制汽車迴轉的箭頭（唯一看得清楚的指標）。時間不早了，但一定還有咖啡館或小吃店開著；霓虹招牌開始自我解讀：Bar……，然後熄滅。取代原來那片光亮玻璃位置的是一抹漆黑，就像一扇水閘。吧檯正準備關門，而且仍然——直到現在他才了解——遙不可及。

總之，最好是改朝另一個光點走：踏開腳步的馬可瓦多不知道自己是否走在一條直線上，也不知道他正要去的那光點是不是原來那個，還是已經變為兩個，或變為三個，或根本換了位置。馬可瓦多在一團奶狀的黑暗中移動，覺得如此細膩的黑塵已從布料的線與線之間滲入他的大衣裡，像篩子，又像一塊浸濕的海綿。

他所到達的光亮處是一間小吃店煙霧瀰漫的出口，裡面櫃檯上的人或站或坐，不過也許是因為照明不良，要不然就是因為無所不在的大霧，連那些人影看起來也模糊不清，彷彿身在影片裡那些古老的或坐落遙遠的鄉村的某些小吃店中。

「我找……你們或許知道……龐卡拉傑提路……」馬可瓦多說，但是小吃店裡十分嘈雜，喝醉的人以為馬可瓦多也喝醉了而放聲大笑，連他提出的問題和所聽到的答案也是那麼霧濛濛和含含糊糊的。再何況他為了取暖，——或者應該說，在那些櫃檯邊的人強制邀請下——叫了四分之一杯的酒，然後半公升，再加上在猛拍肩膀下被別人請客的幾杯酒，總之，當他離開小吃店時，對怎麼找到回家的路並沒有比進去前清楚，不過交換條件是大霧容納了所有的大洲和色彩。

帶著體內的酒熱，馬可瓦多一口氣足足走了十五分鐘，他的步伐不停地左右滑翔，以便了解人行道的寬度（看自己是不是還走人行道上），手也覺得有必要持續觸摸牆壁（看自己是不是還沿著牆走）。走著走著，腦袋裡的混沌漸漸散去，但外面的混沌卻依然濃厚。記起在小吃店裡人們告訴他，沿某條大道走一百公尺，然後再問。而現在他不知道離開小吃店多遠了，也或許自己根本在繞著圓環轉圈。

這一區夾在工廠圍牆似的磚牆之間，好像荒無人煙。在一個屋角找到了必不可少的標示路名的牌子，只是行車道上的路燈照不到這上面來。馬可瓦多為了靠近文字，爬到禁止暫停的路標上。儘管鼻子貼著路牌，但是那些字已經褪色，而馬可瓦多又沒有火柴照明以便看得更清楚一點。路標上方的牆緣又平又寬，從禁止暫停的桿子上馬可瓦多伸長了身子攀爬上牆。他隱約看見牆緣立著一大片反白的牌子。移動了幾步直到牌子旁邊，這裡的燈光照亮了白底上的黑字。但是那句「嚴禁未經允許者入內」，對他沒有任何幫助。

牆緣十分寬敞，可以在上面平穩行走，事實上，仔細想想，它要比人行道好多了，因為路燈的高度正好可以照亮前進的步伐，在黑暗中指引一條明確之路。突然之間牆結束了，馬可瓦多發現自己對著一根柱子的柱頭；不是，是牆轉了一個直角，又繼續延伸下去……。

由於轉角、凹壁、岔口和柱子，馬可瓦多的路線呈不規則圖案；好幾次他以為已經走到牆的盡頭，卻又發現牆轉到另一個方向去了；轉來轉去，他不再知道自己是在哪一個方位，如果要回到地面，應該從哪一邊往下跳。跳……，如果落差增高了呢？他蹲在一根柱子上頭，試著觀看下方，但不論從哪一邊看，沒有任何光線照得到地面：很可能這一跳是落入兩公尺的深淵。沒有別的選擇，只好繼續順著牆緣走。

沒過多久他就找到脫險的辦法了。那是一片泛白的平臺，貼鄰著牆：也許是某棟房子的屋頂，水泥砌的──馬可瓦多走上去以後才察覺到──伸往黑暗中。他很快就為此舉動感到後悔，遠離那排路燈後，現在再也沒有任何指標了，而且每一步都可能把他從屋簷帶到另一邊的空淵中。

那空淵真是深不可及。低處閃爍的小小燈光，像是在遙遠遙遠的那方，如果那些是路燈的話，可見地面有多低了。馬可瓦多發現自己被擱置在一個無法臆想的空間裡：突然上方亮起一些綠的、紅的光，像星宿那樣不規則的散布著。抬眼望著天空，很自然地便踩空了一步往下墜落。

「我死定了！」他想，但同時已坐倒在濕軟的土地上，手觸摸到草皮，原來他掉在一片草坪上，毫髮無傷。那些他以為是在遠方的低矮燈光，其實是貼地的成排小燈。

很奇怪的設燈位置，不過很方便，因為剛好標出他的旅程。現在他腳下踏的不再是青草而是柏油路：在草坪之中開了一條寬闊的柏油路，由那些貼地小燈照明。周圍什麼也沒有，只有一些高不可及的彩燈，一閃一滅。

「一條柏油路一定會通往某個地方，」馬可瓦多想，決定沿著它走。走到一個岔口，其實是一個十字路口，每一條兩旁鋪有地燈的分支，在地面上都寫著大大的白色字母。

他氣餒了。如果四周除了草坪和空洞的大霧外什麼也沒有，那麼選哪一條路走不都是一樣嗎？就在這個時候，看到與人身同高的地方有光線在移動。一個男人，真的是一個男人手臂大開，穿著——馬可瓦多覺得——一件黃色的工作服，像車站站長那樣揮舞著兩根發亮的小棒子。

馬可瓦多朝著男人跑去，還沒走到他面前就氣喘吁吁地說：「喂，您可以告訴我，我，在這團霧中，怎麼辦，聽到了嗎……。」

「別擔心，」黃衣服的男人聲音平穩有禮地回答他，「上面一千公尺處一點霧也沒有，您可以放心地去，樓梯就在前面，其他人已經上去了。」

這段話語意不清，但是挺振奮人心的：馬可瓦多尤其高興的是聽到附近還有其他人，不再問別的問題，踏步向前以便趕上他們。

之前提到的那個神祕樓梯是一個兩邊裝有欄杆的小臺階，在黑暗中閃閃發亮。馬可瓦多爬上去。在一個小門的入口處有一位小姐親切地向他打招呼，讓他幾乎不敢相信是衝他而來。

馬可瓦多尊敬而熱情地回說：「我向您致意，小姐！您真是太客氣了。」在浸透了寒冷和濕氣之後，居然能找到一個避難所，真令人難以置信……。

走進去，眼睛因耀眼的光線一震。他不是在家裡。那麼，在哪裡？在一輛公車裡吧，馬可瓦多認為自己搞懂了，在一輛還有很多空位的公車裡。他坐了下來，通常馬可瓦多都搭電車而不搭公車回家，因為票價比較便宜，但這回他迷失在這麼遙遠的地方，當然只有公車才到。能及時趕上這可能是末班的公車，運氣還算不錯！真柔軟，椅子十分舒適！馬可瓦多現在知道了，他早就應該改搭公車的，即便乘客必須遵守某些規矩（「……請大家，」擴音器說，「不要吸菸並繫上安全帶……」），還有啟動時的引擎聲稍微誇張了一點。

有一位穿制服的先生經過座位旁邊。「對不起，售票先生，」馬可瓦多說，「您知道有沒有一站比較靠近龐卡拉久．龐卡拉傑提路？」

「您說什麼，先生？第一個中途停靠站是孟買，然後是加爾各答和新加坡。」

馬可瓦多環顧四周。其他位子上坐著神色自若的印度人，帶著一把鬍子和穆斯林頭巾。還有幾位小姐，纏裹著刺繡紗衣，額前一圈圓形的頭髮。窗外的夜晚滿布著星星，現在飛機穿過厚厚的霧層，飛往高處的萬里晴空。

春天

13 河流最藍的地方

那段時間，連最簡單的食品都受到詭計和摻假的威脅。沒有哪一天報紙不提到在市場上又有驚人的發現：乳酪是用塑料做的；牛油有蠟燭的成分；蔬果類含砷殺蟲劑的濃縮比例比所含的維他命還要高；為了把雞養肥而塞給牠們的一些合成藥丸可能會讓只吃一隻雞腿的人都變笨。所謂新鮮的魚是去年在冰島釣的，把魚眼睛化裝成昨天釣起的樣子。從某瓶牛奶中找到了一隻老鼠，不知道當時牠是還活著或者已經死了。油瓶裡裝的不是由橄欖壓榨出來的金黃液體，而是經適當蒸餾手法處理過的老騾子的肥油。

馬可瓦多每次在公司或咖啡館聽到別人說這些事情，就覺得好像有一頭騾子在胃裡面踢腿，或者是有一隻老鼠在食道裡奔竄。在家裡，當他太太朵米蒂拉買完菜回來，以前那些讓他雀躍不已的芹菜、茄子，還有雜貨店或肉店粗糙多孔的紙包，現在卻引起他的恐慌，就如同有敵人潛入了他的住家。

「我要盡我所有的努力，」他自我期許，「供給我家人那些沒有經過不可靠的投機者之手的食物。」早晨他去上工的時候，好幾次遇到一些帶著魚竿，穿著長筒靴的男人往沿河公路走去。「這是一個辦法。」馬可瓦多跟自己說。但是城裡的河流是垃圾、排水管和地下水道的集中地，引起他莫大的反感。「我要找一個地方，」自言自語道：「那裡水是水，魚是魚，我才願意垂下我的釣竿。」

白晝開始變長：騎著機動腳踏車，馬可瓦多下工後便去探勘城市上游的河流，還有小河的支流。他最感興趣的是那些遠離柏油路面的河段，他取道小徑，穿過柳樹叢，直到他的機踏車不能再前進為止，然後——把機車留在灌木叢中——步行到有河流的地方。有一次他迷失了路：在灌木叢生和陡峭的河岸邊打轉，既找不到任何小路，也弄不清河流是在哪個方向：忽然，撥開一些枝葉，瞥見下方幾步之遙，那寧和的水波——那是河口，幾乎成為一個小而幽靜的深潭——，呈現出就像是山上湖泊的藍。

激動的情緒並沒有讓他忘記細看水流輕柔漣漪的下方。終於，他的頑固得到了獎賞！啪噠一聲，魚鰭在河面上明顯地一閃而過，然後另一次，又再一次，他如此地欣喜以至於不敢相信自己的眼睛：這裡是整條河流魚的匯集地，釣魚者的天堂，也許除了他以外還沒被其他人發掘。回頭走時（天色已經暗了），他停下來在榆樹皮上刻劃記號，在某些地方堆幾塊石頭，以便能再找回小路。

現在他要做的就是準備用具。說實在的，他早就想好了：在鄰居和公司同事中他已經設定了十來個釣魚愛好者。半透露半提示地答應說只要一確定那個只有他知道的游滿了丁鱖的地方，就會通知他們每個人，便成功地從這個人借一點，那個人借一點地備齊了一大倉庫前所未見的完整的釣魚裝備。

這時，他什麼也不缺：魚竿、魚線、魚鈎、魚餌、魚網、長筒靴和魚簍。一個晴朗的早晨，有兩個小時的時間——從六點到八點——在上工以前，游著丁鱖的河流……有可能釣不到魚嗎？事實上，只要把魚線丟下去就可以拎起一尾魚；這些丁鱖毫不遲疑地一口就咬住魚餌。既然用釣魚線這麼容易，試著用魚網撈撈看：丁鱖早已準備好一頭栽進網裡去。

當他的魚簍裝滿時，也到了該離開的時候了。他溯流而上，想找一條小徑。「喂！你！」在河岸一個轉角的白楊樹林中，直挺挺地站著一個戴著警衛帽子的傢伙，瞪著馬可瓦多。

「叫我？什麼事？」馬可瓦多覺得有一股不知名的威脅衝著他的丁鱖而來。

「你哪裡抓的魚，簍子裡的那些魚？」警衛問。

「啊？怎麼啦？」馬可瓦多的心已經跳到嘴巴裡了。

「如果你是在這下面釣的，趕快把魚丟掉：你沒看到上游有座工廠嗎？」指著一棟長而矮的建築物。現在馬可瓦多轉過了河流的拐彎處，才看到它在柳樹的那邊正向空中吐煙，向水中排放濃密的雲團，是可怕的青綠色和紫色。「起碼你看清楚水是什麼顏色了吧！油漆工廠：就是那個藍色毒害了河流，還有魚。趕快把牠們丟掉，不然我得把魚扣押起來。」

馬可瓦多現在真想儘快把魚丟得越遠越好，把牠們從身上抖掉，彷彿只要魚腥味都能毒到他。但是在警衛面前，他不想丟這個臉。「如果我是在上面釣的呢？」

「那就是另外一回事了。我不但要扣押魚，還要給你開張罰單。工廠上游是釣魚保留地。你看那塊牌子？」

「說真的，」馬可瓦多急急說，「我帶著釣竿，只是為了讓朋友信以為真，其實這些魚我是向附近鄉鎮的魚販買的。」

「那就沒什麼好說的了。你只需要繳稅，就可以把魚帶回城裡：我們這裡是在城外。」

馬可瓦多已經打開簍子把魚倒回河裡了。應該還有一條丁鱖是活的，因為牠一扭魚鰭快樂地游走了。

夏天

14 月亮和GNAC

夜晚持續二十秒，然後是二十秒的GNAC。有二十秒的時間，可以看到五顏六色的藍天飾有黑雲，極細的一圈光暈襯托著金黃的新月，還有星星：你越盯著看；它們就越閃耀那微小的銀光，以及拉得亞街上的飛塵，所有這些你只能在極短極短的時間內看到，每一個剛抓住視線的細節也同時從視覺中消失，因為二十秒一下子就結束了，立刻開始的是GNAC。

GNAC是對面屋頂上廣告招牌SPAAK-COGNAC（史派克白蘭地）的一部分，閃二十秒熄二十秒，當它點燃的時候，別的什麼都看不見。月亮突然間就褪了顏色，天空變得一致的黑和扁平，星星失去它們的光芒，那些在屋簷和屋角無精打采走動，彼此相遇然後喵喵示愛十秒鐘的公貓、母貓們，現在在

GNAC霓虹磷光的照耀下，毛髮直立地蹲伏在屋瓦上。

對面閣樓住的，是各有所思的馬可瓦多一家。夜深了，而已經是大女孩的伊索莉娜向著月亮光入神，她的心漸漸溶化，連樓下收音機微不可聞的呱呱亂叫傳到她耳裡也成了小夜曲的鐘鳴；GNAC出現，然後樓下的收音機好像更換了節奏，爵士樂的節奏，於是伊索莉娜想著跳舞的多采多姿，而可憐的她獨自一人在這上面。小彼得和小米開爾在晚上睜大著眼睛，因為被密密麻麻的匪徒團團圍住而處在一種炙熱和脆弱的恐懼中；然後，GNAC！他們彈起大拇指，伸直了食指，面對面說：「把手舉起來！我是南波小子！」

朵米蒂拉每天晚上睡覺前都在想：「現在小孩子應該就寢了，這個樣子不太好。還有伊索莉娜，這個時候趴在那裡也不合適！」之後，一切又令人不安的明亮起來，戶外和室內一樣，朵米蒂拉覺得自己好像在參觀一間療養院。

飛歐達利吉則是一位憂鬱多感的小伙子，每一次GNAC熄滅的時候，他都看到在渦形的G裡出現那扇剛剛被照亮過的老虎窗，和玻璃窗後一張有著月光、霓虹和夜光顏色的少女的臉，每當他向她微笑，那幾乎還是女娃兒的嘴便難以察覺的微張，彷彿準備還他一笑，但就在這個時候，從黑暗中GNAC重新投射出那冷酷無情的G，少女的臉便失去輪廓，變成一圈淺淡的陰影，無法得知那小女孩般的唇是否回應了他的微笑。

在這股心潮起伏中，馬可瓦多試著告訴小孩們星宿的位置。

「那是大熊座，一、二、三、四，然後那是舵，那個是小熊座，還有標示北方的北極星。」

「那個呢？它標示的是什麼？」

「那個是C，跟星星無關，是白蘭地的最後一個字母。星星所指示的都是基本方位，東西南北。月亮現在朝東方弓起，當她向西方隆起時是上弦月，向東方弓起時是下弦月。」

「爸，那白蘭地是下弦月囉？C朝東方弓起。」

「跟那沒關係，它沒有上弦、下弦：那是史派克公司安裝在那裡的字。」

「那麼月亮是哪個公司裝的呢？」

「月亮不是由公司裝的，她是衛星，一直都在那裡。」

「如果她一直都在那裡，為什麼弓起的地方會換來換去？」

「那是月亮公轉的四個弦，我們只看到一部分。」

「白蘭地也只能看到一部分。」

「是因為皮耶貝納爾第大廈的屋頂更高。」

「比月亮還高嗎？」

就這樣，每當GNAC點燃，馬可瓦多的星星便和地球上的商品混淆不清；而伊索莉娜，這個消失在冰冷和眩目光環中的老虎窗前的少女，為了掩飾她對飛歐達利吉好不容易鼓起勇氣用指頭送來飛吻所做的回應，在急促的曼波舞曲哼唱聲中嘆了一口氣；小菲利浦和小米開爾把拳頭擺在臉前，假裝是飛機的機槍掃射：噠─噠─噠……瞄準著二十秒後又熄滅的霓虹燈招牌。

「噠─噠─噠……你看到沒有，爸，我一陣掃射就把它打熄了？」小菲利浦說。其實，沒有霓虹光亮的時候，他的戰鬥狂熱也隨之平息，雙眼充滿了睡意。

「但願如此！」爸爸脫口而出，「要是它被打碎就好了！我就可以指給你們看獅子座和雙子座……。」

「獅子座！」小米開爾積極起來。「等一下！」他有了一個主意。拿起彈弓，裝上隨時擺在口袋裡備用的小石子，朝著GNAC使勁地射出一排石彈。

聽到對面房子的屋瓦和金屬屋簷上跌落一陣散亂的敲擊聲，玻璃窗被打中的叮噹聲，摔入路燈罩碗裡的咚隆聲，和一個路人的叫罵聲：「下石頭雨囉！喂，上面的混蛋！」霓虹招牌在石頭發射的時候正好結束了它的二十秒而熄滅。閣樓中全家人都在心裡數：一二三，十、十一，直到二十。他們數過十九，吸一口氣，數了二十，因為擔心自己數的太快又繼續數著二十一、二十二，沒有，什麼也沒有，GNAC不再點燃，在支架上只留下一排黑色難解的紊亂線條交織著，像是纏在藤架上的葡萄樹。「哇！」大家一起歡呼，而星羅棋布的天空無止境地延伸開來。

覺得自己暴現在太空中，馬可瓦多停下了原本舉高要去打小米開爾後腦勺的手。黑暗現在如同一道黝黑的柵欄統轄著屋頂這一帶，把下面繼續紛飛難辨的紅、黃、綠，眨著眼的號誌燈，亮麗行駛的空曠電車和推著兩筒照明燈前進的隱形汽車的那個世界隔離開來。那個世界揚起的只有瀰漫的磷光，像煙一樣飄浮不定。抬起不再迷亂的眼睛，在面前展開的是無盡的太空，燦爛的星宿往深處擴散，蒼穹滾向四面八方，它的領域包含所有就是不包含界限，只有緯線上的一處稀疏像一個缺口開向金星，好讓她用堅定、銳利、爆發和集中於一點的明亮，使自己成為地球上方最耀眼的一員。

懸在這半空中的新月，並不賣弄她月牙兒的抽象儀表，只綻放出在西沉太陽斜射光線照亮下的無光澤球體的本性，不過仍保有——就像只有在某些初夏夜晚才能看到的——她熾熱的色彩。而馬可瓦多看著那夾在光與暗之間削尖、狹窄的一緣月光，感到一種懷舊之情，彷彿回到了一片在夜晚仍神奇地陽光普照的沙灘上。

大家就這麼從閣樓探著頭，小孩被他們的舉動所帶來的意外後果嚇到，伊索莉娜好像著了魔似地出神，飛歐達利吉則是唯一一個注意著那片發亮的老虎窗和終於微笑了的月光少女的人。媽媽回過神：「好了，好了，晚上了，你們這樣探著頭幹嘛？在這麼亮的月光下會生病的！」

小米開爾把彈弓瞄高。「我把月亮打滅！」結果被逮住壓回床上。

於是剩下的那個晚上及第二天整晚，對面屋頂的霓虹招牌只有SPAAK-CO，而從馬可瓦多的閣樓可以看到天穹。飛歐達利吉和月亮少女用指頭互送飛吻，或許還成功地藉由無聲的交談訂下約會。

第二天早晨，屋頂上霓虹招牌支架間出現了兩個穿工作服的水電工的小小身影，在修理管道和線路。就像老年人預測天氣那樣，馬可瓦多往外探了探鼻子然後說：「今晚又是GNAC的一晚。」

有人敲閣樓的門。他們把門打開，是一位戴眼鏡的先生。「對不起，我可不可以從你們的窗戶看一下？謝謝。」並自我介紹：「高弟弗列德，在霓虹燈廣告公司工作。」

「我們完了！他們會要我們賠償損失！」馬可瓦多一面想一面用眼睛瞪著兒子，忘記了他自己對天文學的狂喜。「現在他一看窗戶，就知道那些石頭除了這裡以外是不可能從別的地方射出去的。」試著把話說在前頭：「您知道，他們是小孩子，朝行人丟丟石頭，我不知道怎麼會把史派克的招牌弄壞了，不過我已經處罰過他們了，噯，已經處罰過他們了！您放心，這事不會再發生了。」

高弟弗列德先生一臉認真。「說實在的，我是替Cognac Tomawak（托馬娃白蘭地）工作，並不是史派克的人。我來是為了研究在這個屋頂上架霓虹燈廣告招牌的可能性。不過請說，請繼續說下去，我很有興趣。」

於是，半個小時以後，馬可瓦多和史派克白蘭地的主要競爭對手托馬娃白蘭地達成協議。每一次對面的霓虹燈招牌恢復活動，小孩們就要用彈弓射它。

「這可能會是引起一場風波的事端。」

高弟弗列德先生說。他一點也沒說錯：史派克原本就因為巨額的廣告費用瀕於破產邊緣，看到它最美的霓虹廣告招牌不斷故障，就好像是個不祥的預兆。霓虹燈一會兒亮出COGAC，一會CONAC或CONC，在債權人之間加深了財務困難的印象；某一天廣告公司說，如果不把欠帳還清就不願意再派人做修復工作；熄滅的霓虹招牌更讓債權人拉起警報。史派克宣告倒閉。

馬可瓦多的天空中，圓形的滿月綻放出所有光芒。

當水電工再爬上對面的屋頂，已經是下弦月時候的事了。那個晚上，在火紅字母，那比之前還要厚、還要高上兩倍的字母的照耀下，只看到托馬娃白蘭地，不再有月亮，不再有蒼穹，不再有天空也不再有夜晚，只有托馬娃白蘭地、托馬娃白蘭地、托馬娃白蘭地，每隔兩秒鐘一亮一滅。

受打擊最深的是飛歐達利吉；月亮少女的老虎窗消失在巨大的、穿不透的W後面。

秋天

15 雨水和葉子

在公司各種雜七雜八的任務中，馬可瓦多要負責每天早上給玄關的盆景澆水。那是通常會被擺在家裡的一種綠色植物，有細細直直的莖，從兩邊伸出的長梗上有寬而亮的葉子：總而言之，這是一株長得就像植物的植物，有著葉子樣子的葉子，不太像是真的。儘管只是一株植物，它也有它的痛苦，因為待在那裡，在窗簾和雨傘架之間，它缺乏光線、空氣和露水。馬可瓦多每天早上都會發現一些不好的徵兆：有一根葉梗低下頭去，好像再也承受不住重量；另一片葉子則布滿了斑點，像是出麻疹小孩的面頰；第三片葉尖則開始變黃；直到有一天，這一片或那一片，喀噠，掉落在地上。同時（也是最讓人心痛的），植物的莖長高、長高，但不再那麼井然有序的枝葉茂盛，而是光禿禿的像一根棒子，跟棕櫚樹一樣只在頂端冒出一簇葉子。

馬可瓦多清掃掉在地上的落葉，擦拭那些健康的綠葉，往植物的底盆澆灌（慢慢地，避免水溢出弄髒地磚）迅速被土壤吸收的半壺水。在這些簡單的動作中，馬可瓦多貫注了做其他工作所沒有的關心，付出的幾乎是對一個失寵於家庭的人的同情憐憫。然後嘆一口氣，不知道是為了植物還是為了他自己：因為在那株封閉於公司牆壁間日益變黃變瘦的灌木身上，他找到了一個患難之交。

植物（大家如此簡而化之的稱呼它，好像任何其他更精確的名字都無助於事，因為它在這個環境裡就只代表著植物界）進入了馬可瓦多的生命，主宰著他日夜的思路。現在他觀察烏雲密布的天空時，不再是考慮要不要帶傘的市民的目光，而屬於日復一日期待旱災結束的農民的目光。自工作中抬起頭，一從逆光中察覺倉庫小窗外已經綿綿不休、靜悄悄地下起雨簾來，便丟下工作，跑向植物，抱起盆子放到外面的中庭裡。

感到水珠順著葉子流動的植物，似乎為了能有更多的表面與雨滴接觸而伸展開來，並且因喜悅而綠得發亮：起碼對站在那兒凝視，忘記去避雨的馬可瓦多而言是這樣的。

他們就這麼佇立在中庭，男人和植物，面對面，男人有著接受雨水滋潤的植物的感覺，而植物——不太習慣於戶外及大自然現象——則像一個人突然從頭到腳全被淋濕，又穿著一身濕衣服那樣的驚愕。馬可瓦多揚著鼻子，品嘗雨水的滋味，這個味道——對他來說——是屬於樹林、草皮的，思路便隨著腦袋裡模糊的記憶馳騁。但是在他所面對的回憶中，那最近、最清晰的，卻是每年都折磨著他的風濕病痛；於是，他匆匆忙忙地回到室內。

下班的時間到了，公司必須要關門。馬可瓦多問車間主任：「我可以把那盆植物留在外面的中庭嗎？」

主任偉利哲牟向來不喜歡太過艱鉅的責任。「你瘋啦？要是被偷走呢？誰負責？」

但馬可瓦多看到雨水給植物帶來的好處，實在不願意再把它關起來：浪費上天的贈禮。「我可以把它帶在身邊一直到明天早上……」他建議。「我把它裝在貨架上然後帶回家……這樣我可以讓它盡量多淋點雨……。」

偉利哲牟先生想了一會，下結論道：「你是說由你負這個責任。」然後便同意了。

馬可瓦多在傾盆大雨中穿過城市，俯身在小摩托車的把手，套著擋風雨衣的帽子。身後的貨架上綁著盆景，摩托車男人植物像是一體的，事實上，駝著背臃腫的男人不見了，只看到摩托車上有一株植物。偶爾，從擋風雨帽下面，馬可瓦多轉過頭去直到能看見在他肩後滴著水珠飄揚的葉子為止：而每一次他都覺得植物似乎又更高更茂盛了。

回到家裡——一間在屋頂上有窗臺的閣樓——馬可瓦多環抱著盆景剛一出現，小孩們便開始轉圈唱歌。

「聖誕樹！聖誕樹！」

「才不是，你們想到什麼？離聖誕節還遠咧！」馬可瓦多提出抗議。「小心那些葉子，它們很嬌嫩的。」

「在這個家我們已經擠得跟沙丁魚罐頭一樣了，」朵米蒂拉嘟嘟嚷嚷。「你還要帶一棵樹回來，那只好我們出去囉……。」

「可是這只是一小盆盆景！我來把它放在窗臺上⋯⋯。」

從房間可以看到植物映在窗臺上的影子。但馬可瓦多晚餐時看的不是植物，而是玻璃窗外。

自從他們離開那個半地下室搬來閣樓後，生活狀況已經改善了很多，不過住在屋頂下也有不方便的地方，例如：天花板漏水。水滴固定在四、五個點規律地落下，馬可瓦多便在下面安放小盆或長柄平鍋。下雨的夜晚，等大家都上床以後，就會聽到不同水珠的滴答聲，如同風濕病痛的預警器，引起一陣哆嗦。相反地，那個晚上馬可瓦多每次從不安的睡夢中醒來便伸長耳朵，那個滴答聲對他而言是歡樂的音符：因為這告訴了他雨還在下，溫柔地、不間斷地滋潤著植物，把樹液推向細細的枝梗，讓葉子如帆一般張開。「明天等我一露面，就會發現它已經長大了，」他想。

儘管他已經預先有了準備，但是早上打開窗戶的時候他還是無法相信自己的眼睛：植物塞滿了半個窗戶，葉子起碼多了一倍，並且不再因為承重而低垂，卻是如劍一般挺立鋒銳。把植物貼在胸口下了樓，綁在貨架上奔向公司。

雨停了，但天氣仍然不穩定。馬可瓦多還沒離開座椅，又已經落下幾滴水珠。「既然對它那麼有用，我還是把它留在中庭好了。」他想。

在倉庫時，他不時把鼻子探到面對中庭的小窗外。馬可瓦多工作心不在焉，倉庫主任可不喜歡。「怎麼啦，你今天有什麼事，要一直看外面？」

「長大了！您也來看，偉利哲牟先生！」馬可瓦多用手向他示意，壓低了聲音講話，好像那盆植物不應該聽到似的。「您看它長了多少！哪，是不是長大了？」

「是，長了不少，」主任也承認了，這對馬可瓦多而言是公司生涯中難得為員工保留的快事之一。

那天是星期六，工作到下午一點結束，直到星期一才上工。馬可瓦多希望能把盆景再帶回去，可是已經不下雨了，不知道還能找什麼藉口。天空其實並不晴朗，累積的烏雲這兒那兒的散布著。他去到熱愛氣象學，桌上掛著氣壓計的主任那裡。「天氣怎麼樣，偉利哲牟先生？」

「不好，還是不好，」他說。「而且，這裡雖然沒下雨，我住的那區卻在下雨，我剛剛打過電話給我太太。」

「那麼，」馬可瓦多趕快建議，「我可以帶著植物再到有雨的地方轉一轉。」說到做到，回身就又把盆景放到摩托車的貨架上。

星期六下午和星期天，馬可瓦多是這麼度過的：在他的小摩托車座椅上顛簸著，身後載著植物，觀察著天空，尋找一朵他認為最有可能性的烏雲，在路上追趕直到遇見雨水為止。有時，他轉過身來，看見植物又長高了一些：高的像計程車，像小卡車，像電車！而葉子也越來越寬闊，從葉片滑落到他雨帽上的雨水好像在幫他淋浴。

現在它在摩托車上已經是一棵樹了，奔馳在城市裡把交通警察、汽車駕駛和行人弄得暈頭轉向。而在同一時間，雲循著風的道路向某一區投射雨水，隨後將之遺棄；行人一個接一個把手伸出來，然後把傘收攏起來；沿著小路、大道和廣場，馬可瓦多追著他的雲，俯身在機車把手上，在遮蓋嚴密只露出鼻子的雨帽下，騎著加足馬力劈啪作響的摩托車，帶著植物在雨珠的軌道上走。就好像跟在雲層身後的水跡與葉片交纏在一起，於是全部都被同一個力量拖著跑：風、雲、雨、植物和輪子。

星期一，馬可瓦多空著手去見偉利哲牟先生。

「植物呢？」倉庫主任立刻開口問。

「在外面，請跟我來。」

「在哪裡？」偉利哲牟問。「我沒看到。」

「那邊那棵，它長大了一些……」指著一棵有兩層樓高的樹。它不再被栽種在原來的盆子裡，而被裝在一只桶子裡。取代馬可瓦多摩托車的則是一輛小型運貨車。

「現在怎麼辦？」主任生氣了。「我們怎麼把它放在玄關？它連門都進不來！」

馬可瓦多聳聳肩膀。

「唯一的辦法，」偉利哲牟說，「把它還給苗圃，換另一株大小合適的來！」

馬可瓦多重新跨上座椅。「我去了。」

又回到市區裡奔馳。這棵樹用它的綠葉填滿了道路中央。為交通擔心的警察，在每一個十字路口把他攔下來，然後——等馬可瓦多解釋過他正是要帶這株植物回苗圃以免礙事後——再放他繼續前進。可是，兜來兜去，馬可瓦多始終無法下定決心騎向苗圃。要他和用好運拉拔起來的小寶貝分開，他實在不忍心：這一生中他從來沒有得到過那麼多的成就感像從這株植物身上所獲得的。

於是他繼續在道路、廣場、河岸和橋上穿梭。這棵屬於熱帶雨林的草木泛濫到把他的頭、肩膀和手臂都遮掩起來，直到他整個人都消失在綠葉中。所有的枝梗、樹葉還有莖（現在變得極細極細），不管在迎頭潑下的傾盆大雨中，日益稀落的雨滴中或雨完全停止的狀況下都不停地在晃動，好像在顫抖。

雨停了。接近傍晚時分。在路的盡頭、家與家之間的空隙，出現彩虹朦朦的光。在雨水中竭盡全力猛然成長的植物開始筋疲力盡。無目的地四處奔馳的馬可瓦多並沒有發現在他身後的葉子一片一片地由綠轉黃，再轉為金黃。

已經好一段時間，由摩托車、汽車、腳踏車和小孩子組成的隊伍跟在這棵穿梭於城市中的樹木後面，而馬可瓦多毫不知情。他們喊著：「猴麵包樹！猴麵包樹！」然後一陣：「哦！」驚異地看著樹葉變黃。每當有一片葉子剝落飛去，便有許多隻手舉起在空中捕抓它。

颳起一陣風，一串金黃色的葉子隨風揚起，四處飛舞。馬可瓦多仍以為自己肩後有一棵翠綠茂盛的樹，直到突然間——也許因為察覺到自己在風中不再有任何遮蓋——回過頭去。樹不見了：只剩下一根插滿了光禿禿葉梗的乾樹幹，還有枝頭最後一片黃葉。在彩虹的光中彷彿其他東西都是黑的：人行道上的行人和兩側邊房的立面。在這黑幕前方，半空中飄的是數以百計的金黃色的葉子，閃閃發亮；而數以百計的紅色、粉紅色的手在幽暗中舉起爭奪著葉子；風把金葉子颳向盡頭的彩虹那兒，還有那些手，那些呼喊；連最後一片葉子也掉落了，由黃變為橘、紅、紫、藍、綠，重新變黃，然後消失不見。

冬天

16 馬可瓦多上超級市場

晚上六點，城市陷入消費者手中。一整天生產者最重要的事就是生產：生產消費品。到了某一時刻，如同開關一切，大家停止生產，跑啊！全部投入消費的行列。每天明亮櫥窗後面奔騰的花朵剛剛來得及綻放，紅色醃肉剛掛上架，瓷盤堆成的塔剛攀上天花板，一捲捲的布料剛像孔雀開屏般打開它們的褶子，就已經衝進一批女性消費者又拆又啃又摸又搶。蜿蜒的隊伍占滿了人行道、迴廊，並繼續延伸穿過商店的玻璃門，繞過所有的貨物架，每個人的胳膊頂著另一個人的肋骨前進，像是連續拍打的活塞。消費喔！他們碰觸著商品，放回去又拿起來奪在手上；消費喔！強迫蒼白的店員把一綑又一綑的織布張掛到櫃檯上；消費喔！彩色繩團像陀螺一樣旋轉，一頁頁花色包裝紙吵嚷地揚起飛翼，把買好的物品包成小包裹、包裹、大包裹，用各自的蝴蝶結把它們串連起來。大包裹包裹小包裹皮包錢包水洩不通的湧向收銀臺，手在錢包裡翻尋小錢包而手指則在小錢包中翻尋銅板，下方在不知名的腿的叢林和外衣下襬間不再被手牽引著的小孩們迷了路放聲大哭。

其中一個這樣的晚上，馬可瓦多帶著家人出來閒逛。因為沒錢，他們的閒逛就是看別人消費，錢越流通，越讓沒錢的人充滿希望：「總有一天，某些錢會落入我的口袋。」不過，馬可瓦多家庭人口眾多，再加上分期付款和還債，本來就不多的薪水才剛領到一下子就花光了。不管，看看也是好的，特別是逛超級市場。

超級市場是自助式的，有那些好像把鐵籃子架在輪子上的手推車，每一位顧客推一輛小車然後用各種商品把它裝滿，連馬可瓦多在入口處也推了一輛小車，他的太太一輛還有四個小孩一人一輛。就這樣帶著面前的小車他們成列前進，在堆得像小山的擁擠的貨物架中，指著醃肉、乳酪叫出它們的名字，就好像在人群中認出朋友，或起碼是認識的人的臉。

「爸，我們可以拿這個嗎？」小孩們每分鐘都在問。

「不，不能碰，是禁止的。」馬可瓦多說，牢記著在這兜圈的盡頭有收銀員等著他們算帳。

「那為什麼那位太太拿了那些東西呢？」小孩們堅持著，因為看到這些原本進來只是為了買兩根胡蘿蔔、一把芹菜的天真女人無法抵抗面前堆疊成金字塔的瓶瓶罐罐，咚！咚！咚！用半心不在焉半順從的手勢讓剝皮番茄、糖水水蜜桃，和油漬鯷魚的罐頭隆隆作響地跌入小車中。

總之，當你的小車空蕩蕩的而別人的小車卻是裝滿的時候，只能忍耐到某一點：接下來你會嫉妒、心碎，然後便再也撐不下去了。所以馬可瓦多在警告過太太和小孩不要碰任何東西以後，快速轉身橫向穿過貨物架，擺脫掉家人的視線，然後從一個架子上拿了一罐棗椰，放進小車內。他只是想嘗試十分鐘帶著罐頭兜轉的喜悅，可以跟別人一樣炫耀他購買的東西，之後再把它放回原來的地方。這個罐頭，還有一瓶紅色辣醬、一包咖啡、一袋藍色包裝的義大利通心麵。馬可瓦多確信他這麼謹慎行事，起碼可以體會一刻鐘挑選商品的快樂，而又不用付一毛錢。但如果讓小孩看到他就麻煩了。他們一定會馬上效法馬可瓦多，然後誰知道將製造出什麼樣的混亂！

馬可瓦多盡量讓自己失去蹤跡，在各部門間左搖右晃地遊蕩，一會兒追在俏女傭後面，一會兒跟著穿皮草的婦人。當這位或那位伸出手去拿一粒橙黃芬芳的南瓜，或三角形盒裝的乳酪時，他也照做。擴音器傳送出歡樂的音樂：消費者隨著旋律或行或停，在特定的時刻便張開手臂拿一樣東西放進他們的籃子裡，一切都配合音樂。

現在馬可瓦多的小車堆滿了商品；他的步伐把他帶到人煙比較稀疏的部門去，那些很難從名字辨明的產品關在盒子裡，從外觀看不出到底是萵苣用肥料、萵苣種子或根本就是萵苣本身，要不就是防萵苣蟲害的農藥或是吸引以害蟲為食的小鳥的飼料，但也可能是生菜或烤小鳥用的調味料。反正馬可瓦多也都拿上兩、三盒。

就這麼走在兩道白色的高圍籬之間，突然通道就結束了，面前一片空蕩蕩的無人之地，在霓虹燈的照射下地磚閃閃發亮。馬可瓦多獨自一人帶著一車東西在那裡，空地的盡頭就是收銀臺的出口。

第一個直覺是想低頭奮力推著面前的小車，像戰車一樣帶著戰利品在收銀員還沒來得及按警鈴前衝出超級市場，但就在那個時候，旁邊一條通道冒出另一輛比他還要滿的小車，推車的人是太太朵米蒂拉。另外一邊又有另一輛小車露面，小菲利浦正用盡全力頂著它。那一點正好是許多部門的通道匯集處，而每一個通道口都出現了一個馬可瓦多的小孩，大家全推著像滿載的商船的三角支架。每個人都有相同的念頭，直到這一刻碰在一起才發覺他們從超級市場所有的貨架上做了一次樣品收集。「爸，我們很有錢囉？」小米開爾問。「這些東西我們可以吃上一年？」

「向後退！快！遠離收銀臺！」馬可瓦多驚叫著一百八十度轉身，和他的食品躲回貨物架後面，好像在敵人射程內似地彎腰逃跑，重新消失在百貨部門裡。一陣隆隆聲在他肩後響起，回頭一看，全家像火車一樣推著小車緊跟在他後面。

「這些東西他們會要我們付一百萬！」

超級市場那麼大，又像迷宮一樣複雜，可以轉上好幾個小時。陳列的商品如此之多，馬可瓦多和他的家人大可以在家裡度過一整個冬天都不出去。但是擴音器已經中斷了音樂，說：「請注意！再過十五分鐘超級市場就要關門了！請大家儘快往收銀臺方向前進。」

歸還商品的時候到了：就是現在，否則要來不及了。在擴音器的呼籲聲中大批顧客勃然大怒起來，彷彿這是全世界最後一個超級市場的最後幾分鐘，一種不知道應該全拿還是把東西留在那兒的狂怒。總之，當別人推著小車在貨架旁轉來轉去時，馬可瓦多、朵米蒂拉和小孩們乘機把商品放回架上或想辦法讓東西滑入別人的手推車裡。商品歸位做得有點馬馬虎虎：黏蠅紙在火腿架上，捲心菜在蛋糕中間，沒有留意到一位婦人推的是嬰兒車而非手推車，他們塞進了一瓶長頸大肚的紅葡萄酒。

就這樣失去所有東西，連品嘗一下的機會都沒有，真是一種令人落淚的傷痛。所以，在放回一管沙拉醬的同時，要是手邊正好有一串香蕉，他們就拿；或是用尼龍地板刷換一隻烤雞。這種做法，他們的小車掏得越空就裝得越滿。

馬可瓦多一家人帶著食品乘電扶梯上上下下，在每一層樓每個地方都看到必經通道的對面有站哨的收銀員用一臺像機關槍劈里啪啦作響的收銀機指著所有打算離開的人。馬可瓦多和家人的兜轉越來越像關在牢籠裡的困獸，或是監禁在用彩色三夾板圍起來的明亮監獄裡的囚犯。

在某個地方，牆上的三夾板被卸了下來，有一把木梯子架在那裡，還有榔頭、木工和水泥工的工具。一間建設公司正負責超級市場的拓建工程。下工時間一到，工人們把東西放著就走了。推著商品在前，馬可瓦多穿過牆上的洞。那兒一片黑暗，他向前走。全家人帶著小車跟在後面。

小車的橡皮輪子在一片未鋪面的沙地上顛簸著，然後到了一層零星散布的光滑木板上。馬可瓦多在一塊木板上保持平衡地前進，其他人跟著他。突然間他們看到前後上下和遠處滿是燈光，周圍則空無一物。

他們站在由支架撐扶著的一堆木板上，是房子七層樓的高度。閃著明亮窗戶、招牌和火花一現的電車線的城市在他們下方展開，上面則是閃爍的星空和廣播電臺天線的紅燈。支架在那些不穩的商品重壓下抖動起來，小米開爾說：

「我怕！」

在黑暗中一朵陰影靠近。那是一口巨大的嘴巴，沒有牙齒，伸著長長的金屬脖子：一架吊車。從天而降，停在他們所在的高度，下閘靠在支架的邊緣。馬可瓦多傾起小車，把東西倒入鐵口中，向前讓一步。朵米蒂拉照做，小孩們也模仿父母。吊車帶著所有超級市場的戰利品闔起嘴巴，在滑輪的嘎吱聲中把脖子縮回去，漸漸遠離。下方亮轉起多彩的霓虹燈招牌，邀請大家來購買大超市出售的產品。

春天

17 煙、風與肥皂泡

每天郵差都會放幾封信到住戶的信箱裡；只有馬可瓦多的信箱什麼都沒有，因為從來沒有人寫信給他，除了偶爾會出現瓦斯或電的勒令繳費單以外，他的信箱真是一點用處也沒有。

「爸，有信！」小米開爾喊著。

「才有鬼！」他回答。「還不是廣告單！」

所有的信箱都蹦出一張折好的藍黃傳單，上面說若想要有實在的肥皂水，白太陽是所有產品中最好的選擇，而誰拿著這張藍黃傳單，就可以免費索取一份樣品。

由於這些傳單細細長長的，有些就伸到信箱口的外面來；至於其他的，因為許多住戶一打開信箱就立刻把那些堵塞在內的廣告單丟掉，所以有的被揉成紙團，或是被隨便一搓扔到地上。於是小菲利浦、小彼得和小米開爾從地上撿一些，從縫隙中抽出一些，或甚至用鐵線勾一些出來，開始收集白太陽的贈券。

「我比較多！」

「不是，你數一數！我們打賭我比較多！」

白太陽的宣傳戰挨家挨戶的攻克了整個社區，而這些小兄弟們也挨家挨戶的搜遍整個社區，囤積贈券。有些門房邊趕他們出去邊喊：「野孩子！你們來偷什麼？我打電話叫警察！」有些門房則很樂於見到他們把每天堆在那兒的紙屑打掃乾淨。

晚上，馬可瓦多窄小的兩間房全是白太陽的藍黃傳單，小孩們像銀行出納整理現鈔那樣數了又數，然後堆成小包。

「爸，如果我們有很多洗衣粉，可以開一家洗衣店嗎？」小菲利浦問。

那幾天，在洗潔劑業界內掀起了軒然大波。白太陽的宣傳戰挑起了其他競爭同業的驚恐不安。為了推銷他們的產品，也開始向全城的信箱散發傳單，免費樣品越送越大。

馬可瓦多的小孩接下來那幾天更是忙得不可開交。每天早上的信箱都像春天的桃樹一樣綻放：草綠、玫瑰紅、天藍、橘黃的傳單允諾著誰用金泡或美洗或黎明或清靈牌洗衣粉，就會有潔白的衣服。對小孩而言，票根和贈券的收集種類越來越多，同時，收集的領域也日益擴大，延伸到別條街的大門去了。

自然，這些花招不可能不被注意的。鄰居的小孩沒過多久就搞懂了小米開爾和弟弟們整天四處狩獵的是什麼，於是那些直到目前為止都沒引起過他們關心的傳單，立刻變成了你爭我奪的寶物。有一段時間，正是由於大家同在這一區而不分散到別區做收集所引發的爭吵和議論，造成了不同伙孩子們的敵對。接下來，在一連串的交涉及商談之後，他們達成了協議：一個有組織的捕獵要比混亂的掠奪有利多了。於是傳單收集變得有條不紊，只要花料或快清的廣告人到各大門口一轉，他的路線便一步步被偵測和跟蹤，而且他的傳單才剛剛發散出去就立刻被小鬼們徵收一空。

負責調度這項任務的，不用說是小菲利浦、小彼得和小米開爾，因為他們是最早有這個念頭的人。他們居然還說服了其他孩子們說這些贈券是共有財產，所以應該統一保管。「就像一家銀行！」小彼得更精確地說。

「那我們到底是銀行老闆還是洗衣店老闆？」小米開爾問。

「不管哪一個，我們是百萬富翁！」

小孩們因為激動和計畫將來而睡不著覺：

「現在只要領回所有的樣品，我們就會有很多很多洗潔劑。」

「我們放在哪裡？」

「得租一間倉庫！」

「為什麼不租一艘船？」

廣告，就像花和水果，有它的季節性。幾個星期之後，洗潔劑的季節結束，信箱裡只能找到治雞眼的廣告單了。

「我們也開始收集這些嗎？」有人建議。不過趕快專心於把累積豐富的洗潔劑領回來的主張更占了上風。也就是說，得去指定的商店用一張票根換回一包樣品：但是他們計畫中的這個新階段看起來十分簡單，做起來卻比之前那個階段費時而且複雜。

這一回活動進行得十分鬆散：每個小孩輪流去一家店一次，也可以把三或四張票根一起拿出來，只要是不同的品牌。如果店員只願意給一個樣品而不再多給，就要說：「我媽媽全都要試才知道哪一種比較好。」

事情變得更複雜了，因為許多商店只肯送免費樣品給買東西的顧客；媽媽們從來沒看過小孩對於去雜貨店買東西這麼熱中。

總而言之，把票券換成商品拖延了很久，而且還有額外的花費，因為媽媽發給買東西的錢很少而得巡視的雜貨店則很多。為了弄到經費，不得不立即跳到計畫中的第三階段，也就是販賣已經領到的洗潔劑。

他們決定沿門按鈴兜售。「太太！您有興趣嗎？洗衣效果完美！」拿出一盒快清或一袋白太陽。

「好，好，給我，謝謝。」有些人這麼說，然後剛把樣品拿到手，就把門迎面關上。

「什麼？錢呢？」小孩們猛拍大門。

「要錢？不是免費的？走開，野孩子！」

事實上，剛好那幾天不同品牌的公司代表正一家家分送免費樣品：因為各洗潔劑單位發現贈券的效果不大，決定發動新的廣告攻勢。

馬可瓦多的家簡直像是雜貨店的倉庫，堆滿了花料、清靈、美洗的產品，而從這麼多的商品身上卻擠不出一毛錢，這些東西都是送的，像噴水池的水一樣。

自然而然，在各公司代表之間沒多久就有消息指出，有某些小孩子正沿門兜售他們懇請免費收下的產品。商業界向來抱持悲觀主義：開始傳出流言說當他們送上門時，人們說不知道要這些幹什麼；相反的，那些要付錢的，大家倒買了。

不同公司的研發單位聚集在一起，聽取「市場研究」專家的會商：結論是這種不正當的競爭只可能是窩藏失竊贓品的人幹的。警察在接到合法的對無名氏的控訴後，開始在社區內尋找竊賊和贓品貯放處。

突然間這些洗潔劑變得像甘油炸藥一樣危險，馬可瓦多嚇到了：「在我家連一點粉屑我都不要！」但是又不知道可以擺在哪裡，沒有任何人願意放在家裡。決定是小孩們把它倒到河裡去。

那是清晨拂曉，橋上有一輛小車由小彼得拉著、他的兄弟們推著，裝滿了黎明和美洗的盒子。之後又有另一輛同樣的小車，由對面門房的兒子烏古裘內拉著，還有其他、其他的小車。在橋中央他們停下來，等一個轉過頭來好奇打量的腳踏車騎士經過，然後，「去吧！」小米開爾開始把盒子拋到河裡去。

「笨蛋！你看它們浮在水面？」小菲利浦叫道。「要把粉末丟到河裡，不是盒子！」

從一個又一個打開的盒子裡，綿綿降下一朵朵白雲。它們似乎被水流吸吮了進去，又變為許多細小泡泡重新露面，然後看起來像是沉到河裡去了。「這樣就行了！」小孩們繼續十公斤十公斤的把洗潔劑注入河流。

「你們看，那下面！」小米開爾喊一聲，指著河谷。

橋過去有一片瀑布，那兒水流進入陡坡，他們再也看不見小泡泡了；要在更下面才露面，不過現在它們由低處一個推一個地膨脹，已經變成大泡泡了，一波波肥皂泡上揚、擴大，跟瀑布一樣高，雪白的泡沫好像是理髮師用刷子攪拌均勻的那一碗。彷彿所有那些競爭品牌的洗衣粉執拗地要一比它們的起泡效果：氾濫著肥皂泡的河水溢向河岸，在晨光中穿著長筒靴浸泡在水裡的釣魚人拉回釣線逃逸而去。

大清早的空中颳起一縷風。一組肥皂泡離開水泡，輕飄飄地飛舞起來。曙光把肥皂泡著上玫瑰色。小孩們看著它高高越過他們的頭，叫嚷：「噢……」

肥皂泡隨著氣流的隱形軌道在城市上空飛翔，由屋頂附近進入街道，而且總能避掉掠過稜角和屋簷的危險。現在結實的肥皂泡群解散了：泡泡一前一後各自飛去，選擇了高度、靈巧度和路線都不同的航向在空中漫步。肥皂泡，說起來好像又變多了；事實上，這是真的，因為河流繼續像火爐上的牛奶壺一樣向外冒泡泡。還有風，風把這堆飽滿欲滴的華麗的泡泡吹向高處，環成彩虹色的花冠（已升上屋頂的斜射陽光，如今支配著城市與河流），蔓延到天線和電線之上的天空。

工人們黝黑的身影騎在嗶嗶剝剝的摩托車上往工廠飛馳，翱翔在他們上方的綠、藍肥皂泡泡跟隨著他們，就好像每個人都在把手上綁了一條長繩子牽著身後的一堆氣球。

是一輛電車裡的人察覺到的：「你們看！嘩！你們看！上面那是什麼東西？」電車駕駛把車停住並走了下來：所有乘客都下了車望著天空，腳踏車、摩托車、汽車、報販、麵包師和包括馬可瓦多在內正要去上班的早晨的行人全停了下來，鼻子抬得高高地尾隨著肥皂泡的飛行。

「該不會是什麼原子的東西吧？」一個老太太問。恐懼在人群中散布開來，誰一看到肥皂泡往身上落下就一面跑一面喊：「輻射線！」

而肥皂泡繼續它們的遊蕩，如此多彩、脆弱和輕盈，只要吹一口氣，噗！就什麼都沒有了，很快地，在人群中亮起的警報消失得跟來時一樣快。「什麼輻射線！是肥皂泡！就跟小孩玩的那些肥皂泡一樣！」然後一股瘋狂的快樂占據了大家的心靈。「你看那個！還有那個！還有那個！」因為他們看到巨大的肥皂泡以不可思議的尺度在飛行，並在互相碰觸的時候合而為一，變成兩倍大、三倍大，天空、屋頂、摩天大樓藉由這些透明的圓帽蓋呈現出前所未見的形狀和顏色。

工廠的煙囪，一如每天早晨，開始向外吐出黑煙。一群群的肥皂泡和煙雲相遇，於是天空被黑煙和彩色泡沫所分割。在幾股旋風中，好像彼此撕鬥起來，有一會兒，只有一會兒，煙囪頂似乎被肥皂泡攻占下來，但沒過多久，便出現一陣混亂——拘禁彩虹泡沫的煙和阻擋薄幔般點點煤煙的肥皂泡之間的混亂——分不清到底怎麼回事。直到某個時刻，馬可瓦多在空中尋覓，但再也看不到泡泡，只有煙、煙和煙。

夏天

18 歸他所有的城市

一年當中有十一個月人們熱愛著城市生活，誰也不能觸犯它：摩天大樓、香菸小販、有廣角銀幕的電影院，和所有無庸置疑地充滿著吸引力的花樣。而唯一一個對城市沒有感情的自然是馬可瓦多；至於他心裡在想什麼，第一──因為他從不說出口而無從得知，第二──他是那麼微不足道，所以並不重要。

每年到一定的時候，八月就來臨了。每逢此時，就會有一次感情的全面變動。再也沒有人喜歡城市了，那些直到昨天還塞得滿滿的摩天大樓、地下道和停車場，突然既惹人嫌又討人厭。大家唯一的一個念頭是越早離開越好：於是，一次又一次地填滿了火車、堵住高速公路，在八月十五日那天[4]，所有人都走光了。除了一個，馬可瓦多是僅存沒離開城市的居民。

清晨，他出門走向市中心，面前是寬廣無止境的道路，沒有一輛汽車的荒涼；房屋的外觀，從灰色低垂的鐵門到每一片百葉窗，就像體育場的水泥階梯座位一樣緊密封閉著。整年馬可瓦多都夢想著有一天能把路當路來使用，也就是說走在馬路正中央：如今實現了，而且還可以闖越紅燈，穿過對角線，停在廣場中間。不過，他心裡的喜悅並不是因為他完成了這些平常做不到的事，而是因為他用另一種方式來看所有的東西：馬路或像山谷、或像乾涸的河床；房屋則是險峻山嶺的大石，或礁石的岩壁。

當然，很明顯的少了某些東西，不過他所指的不是那些成列停放的汽車，或十字路口的堵塞，擠在超市入口混亂的人群，或安全島上等待電車的乘客；真能填補空白，柔和線條的應該是由管道中爆裂漫溢的水，或劈開地面暴現於外的人行道上的樹根。馬可瓦多的目光巡視著整座城市，希望能找到它的另一面——在油漆、柏油、玻璃和灰泥的城市下一個樹皮、魚鱗、疙瘩和經脈的城市。他每天都得經過的建築物，如今在他看來是多孔的沙岩堆；工地的柵欄是有著寶石般樹結的新鮮松樹的莖軸；在布店招牌上彎彎曲曲躺著的是會變成蝴蝶的沉睡的毛毛蟲。

可以說，這座剛被人類拋棄的城市，此刻被直到昨天還藏匿著而今天卻占盡上風的居住者所支配：馬可瓦多的散步一會兒循著一列螞蟻的路線，一會兒轉向迷路金龜子的飛行，一會兒又停下來以便陪伴邁著扭曲但莊重步伐的蚯蚓。占據了城市的不僅是動物：馬可瓦多發現在路邊書報攤上方有一層薄薄的綠霉，在餐廳前方的楊樹努力地把它的葉子推向人行道以外的範圍。城市還存在嗎？那個以往把馬可瓦多的生活關起來的合成建材住宅區，現在是各種石頭拼貼的馬賽克，由視覺及觸覺就能分辨出每一塊石頭的不同，因為有不同的硬度、不同的熱度，及不同的密度。

就這樣，馬可瓦多忘記了人行道和斑馬線的功用。當他像隻蝴蝶左飛右搖地在馬路上穿梭時，突然一輛「司拍得」汽車以時速一百公里來到他身後，並在距離臀部一毫米的地方才停下來。一半由於驚嚇，一半由於空氣的震動，馬可瓦多蹦跳起來，又暈沉沉地跌下。

那輛汽車夾帶著大量的噪音，幾乎原地打了一轉才把車煞住。跳出一組衣冠不整的年輕人。「這回我要挨揍了，」馬可瓦多想：「因為我走在馬路中央。」

那些年輕人配備著奇怪的工具。「我們終於找到了，終於！」他們圍著馬可瓦多嚷嚷。「喔！」其中一個抓著一根銀色的棒子靠近嘴巴，「您是唯一一位在八月節還在城市裡的居民。對不起，先生，可以跟電視觀眾說說您的感想嗎？」然後把那根銀棒塞到他的鼻子下。

閃出一股眩眼的強光，熱得像在烤箱裡，馬可瓦多快昏倒了。所有人把焦距對準了他，反光板、攝影機和麥克風。馬可瓦多結結巴巴地說了幾句話：而每發出三個音節，那位年輕人便突然現身，把麥克風轉向自己：「啊，您是說……」然後緊抓麥克風自說自話十分鐘。

總之，他們在訪問他。

「現在我可以走了嗎？」

「當然，我們十分感激您……不過，您要是沒什麼事做……而且想賺幾張千元大鈔……不知道您願不願意留下來幫我們？」

整個廣場一片混亂：大貨運車、小工具車、有軌道的攝影機、蓄電池、燈具，一組一組穿著工作服的人員這邊那邊地走來走去，汗流浹背。

「在那裡，她來了，她來了！」一位電視女明星從一輛敞篷車上走了下來。

「加油！小伙子，我們可以開拍噴泉這一景了！」

《瘋狂八月》的電視導播開始發號施令，拍攝這位女明星在全市最重要的噴泉落水的鏡頭。

小工馬可瓦多被交派的任務是在廣場上搬動那個底座沉重的大反光板。偌大的廣場現在四處嗡嗡響著機器聲、水銀燈的吱吱聲，迴蕩著捶打臨時金屬支架的敲擊聲和喊叫聲……。在馬可瓦多朦朧、驚呆了的眼睛中，往常熟悉的城市又重新從那隱約一現，或根本只是夢境的另一個城市手中奪回了它原有的地位。

---

4 國定假日「八月節」原只有八月十五日一天，後假期範圍慢慢擴展為整個八月。公私機構、店面或讓員工輪休，或乾脆關門度假，以兩個星期到一個月為限。

秋天

19 頑固的貓的花園

貓的城市和人的城市一個在另一個裡面，但並非同一個城市。有少數幾隻貓還記得那曾經沒有差別的時光：人的馬路和廣場也是貓的馬路和廣場，還有草地、庭院、陽臺和噴泉：生活在一個寬闊而多樣的空間裡。然而已經有數代家貓成為不能住人的城市的囚犯了：綿延不斷的道路上奔馳著會壓輾貓的致命的汽車；每一小方原來是花園或空地或一棟舊屋廢墟的土地，如今屹立著公共設施、國民住宅和簇新的摩天大樓；每一條過道都擠滿了停泊的汽車；庭院接二連三地鋪上水泥，變為車庫或電影院或貨物貯藏室或工廠。那由低矮的屋頂、反曲線腳、屋頂平臺、水槽、陽臺、老虎窗、金屬棚組合而成的起伏高原，如今在它每一片可加高的空地上都加蓋了建築物：介在最低的地面道路和高聳入天的高樓之間的落差不見了；新的一窩窩的貓咪枉費心神地追尋著父親們的旅行指南，和那為了敏捷上瓦，從欄杆到上楣再到屋簷柔軟一跳的支撐點。

但是在這個縱向結合的城市裡，在這個壓縮的城市裡，所有的空白都奮力填滿自己，而每一個混凝土塊體又與其他混凝土塊體相互滲透，開展的是一個負空間組成的城市，由牆與牆之間的一線天，那夾在兩棟建築物屋後，營建法規所規定的兩棟房屋之間的最小距離所組成。這是一個屬於空隙、井光、通風管、車道、中庭和地下室入口的城市，就好像是一張鋪在灰泥和柏油的星球表面上由乾涸渠溝織成的網，而古老的貓民族便在這貼牆而立的織網間繼續奔跑。

有時，馬可瓦多為了消磨時間，尾隨在一隻貓的身後。那是從中午到下午三點的休息時間，除了馬可瓦多外，其他所有人員都回家吃飯了，而他——把午餐帶在包包裡——在倉庫的箱子之間布置餐桌，咀嚼食物，抽半隻托斯卡納雪茄菸，然後在附近閒逛，單獨一人懶洋洋的等待著開工。在那幾個小時中，一隻從窗戶探出頭來的貓總是受歡迎的伙伴，而且也是新探勘活動的導遊。他跟一隻虎斑貓交上了朋友，胖嘟嘟的牠，頸上繫了天藍色的蝴蝶結，應該是某戶有錢人家的貴客。這隻虎斑貓和馬可瓦多有同樣的習慣要在午餐後散步：於是自然而然地便產生了友誼。

跟在虎斑貓朋友身後，馬可瓦多開始用貓咪的圓眼睛來觀察環境。即便那是一成不變的公司四周，他也能用不同的觀點、貓的歷史背景，加上只有用輕盈、襯著絨毛的四隻腳才行得通的聯想來領會。儘管這一區從外觀看來沒有什麼貓，但馬可瓦多每天在他的閒逛中都會認識一些新的貓朋友，只要從一聲貓叫、一陣哈氣，或豎立在弓起的脊背上的毛他就能直覺地了解到牠們之間的往來、私通和競爭關係。在那個時刻，他相信自己已經進入貓的祕密社會中：因為他覺得那些瞇成一條縫的瞳孔正觀察著他，如天線般直立的鬍鬚也監視著他，而且所有在他身邊的貓都像斯芬克斯[5]那樣不可捉摸地坐著，粉紅色的三角鼻子凝聚在黑色的三角唇上，只有耳尖在動，像雷達那樣顫顫地閃抖。他走到一條狹路的盡頭，夾在光禿禿的無窗的牆間：馬可瓦多看看四周，所有那些把他引到這裡來的貓都不見了，包括他的虎斑貓朋友在內，集體失蹤，不知道從哪裡走的，留下他一個人。貓的王國有牠們的領土禮儀和風俗習慣還不允許他發現。

為了補償，貓的城市朝人的城市開了一線意想不到的光；有一天，正是那隻虎斑貓帶著他發掘豪華餐廳畢亞利茲。

誰想要看畢亞利茲餐廳，就不得不以貓的身高出現，也就是說匍匐躺平。貓和男人以這種姿勢繞著一個圓屋頂走，腳邊碰觸著一些長方形的低矮小窗子。學著虎斑貓的樣子，馬可瓦多往下望。藉由那些一瓣瓣打開的玻璃天窗，豪華大廳吸取空氣和光線。在茨岡小提琴的樂聲中，金黃色的山鶉和雉雞在穿燕尾禮服的服務生戴白手套的手指平衡支撐著的銀盤上跳躍。或，說得更精確一點，在山鶉和雉雞之上是銀盤在跳躍，在銀盤之上則有白手套，搖搖晃晃地懸在服務生漆亮皮鞋上方的是光亮的鑲木地板，從那兒垂下一盆盆矮小的棕櫚樹、桌布、水晶器皿，以及因為擺著一瓶像鐘錘的香檳而活似銅鐘的冰桶：所有東西都是翻轉的，因為馬可瓦多怕被看到，所以不願意把頭探到小窗裡，僅限於從反射在傾斜玻璃上的影像觀看大廳。

不過真正讓貓感興趣的不是大廳上的小窗，而是那些廚房上方的小窗：牠望著大廳時眼光放得很遠，彷彿這些都是變了樣以後的廚房食物，而原來應該是——既實際又在貓的理解範圍之內——一隻拔了毛的鳥或一條新鮮的魚。廚房才正是虎斑貓要帶馬可瓦多去的地方，或是出於大公無私的友誼，或是因為希望男人能在牠的襲擊中助牠一臂之力。不過馬可瓦多一點也不想離開他那大廳上方美麗的視野：從一開始他就被周圍的華麗所迷惑住，再來也是因為那裡有某些東西吸引了他的注意。由於他不再害怕被看到，所以繼續往下探著頭。

在大廳中央，正好在那扇小窗下，有一個小小的玻璃缸，是一只水族箱，裡面游著肥碩的鱒魚。一位貴客走近，已禿的頭頂閃閃發亮，穿著黑衣服，臉上還有一把黑鬍子。跟在他身後的是一位身著燕尾服的年老服務生，手上拿著好像要去捉蝴蝶的網罩。黑衣服先生神情凝重的望著鱒魚，然後舉起一隻手用緩慢莊嚴的手勢指了其中一條。服務生把網子潛入魚缸，追逐被指定的鱒魚，捕獲，走向廚房，像舉著長矛似的把裝有掙扎的魚的網頂在身前。黑衣服先生，嚴肅的好像判了一個死刑的法官，走回去坐下，等待鱒魚上桌，裹了麵粉的油炸鱒魚。

「如果我能找到辦法從這上面丟條釣魚線下去，然後讓其中一隻鱒魚上鈎，」馬可瓦多想：「他們不能告我偷竊，頂多只是未經批准釣魚而已。」於是，不理會從廚房那邊傳來的喵喵呼喚聲，起身去找他的釣魚工具。

在畢亞利茲擁擠的大廳中沒有人看見這裝好魚鈎和魚餌的細長的線徐徐垂下直入魚缸。魚看見了釣餌，一湧而上。在一片混戰中，有一隻鱒魚咬住了蠕蟲，立刻被拉上來，拉上來，離開水面，銀光閃爍地抖動，飛向空中，飛騰於盛筵和冷盤推車之上，越過做雞蛋薄餅的藍色火焰，然後消失在小天窗外。

馬可瓦多用專業釣魚者的力道和彈跳拉起釣竿，想讓魚落在他的身後。而鱒魚剛落地，貓就撲了上來。那隻奄奄一息的生命便銜在虎斑貓的牙齒中。同一時間丟下釣竿跑去抓魚的馬可瓦多眼睜睜地看著魚被帶走，還包括魚鈎等所有東西。他身手敏捷地伸腳踩住釣竿，但撕扯的力量太強，以至於留下的只有釣竿，虎斑貓則帶著魚拖著身後的釣線逃之夭夭。背叛的貓！一溜煙就不見了。

不過這一次牠是逃不掉的：有那條長線供馬可瓦多追蹤，並指出貓咪的路徑。儘管他已經失去貓的身影，但馬可瓦多緊緊跟著線頭；閃過牆頭，越過小

陽臺，蜿蜒盤旋過一扇大門，鑽入一間地下室……馬可瓦多越來越接近貓的世界，攀爬上頂棚，跨過欄杆，他總來得及用眼角抓住——也許就在它消失的前一秒——那指示他小偷路線的靈巧的一划。

現在那條線正往人行道的方向迂迴前進，在車來車往之中，馬可瓦多追趕在後，只差一點點就可以抓住它了。他奮力一撲：哎，抓到了！就在線頭要從一片柵欄間遁形之前，他抓到了。

半生銹的柵欄和兩堵攀附著植物的土牆後面，有一小片荒蕪的花園，園子盡頭有一棟看起來已經廢棄的小別墅。厚厚一層枯葉覆蓋著小路，積存在兩株梧桐樹的枝幹下，甚至還在花園中堆起一座小山。一層落葉飄浮在一池綠色的水面上。四周屹立著高大的建築物，摩天大樓成千上百扇的窗戶好像許多不贊同的眼睛，盯著那有兩株樹，稀疏的瓦片上滿是黃葉，在交通繁忙的社區中央苟延殘喘的一小方土地。

在這個花園裡，棲息於柱頭及欄杆上、躺在花壇枯葉上、攀趴在樹幹或屋簷上、停坐在四隻腳上尾巴懸著問號、坐著舔拭臉鼻的是虎斑貓、黑貓、白貓、花貓、條紋貓、安哥拉貓、波斯貓、家貓、流浪貓、香噴噴的貓和長有癬瘡的貓，馬可瓦多知道自己終於到達了貓國的核心，牠們的祕密島上。由於激動，差一點忘了他的魚。

那條魚，用釣魚線懸掛在一株樹的枝椏上，留在貓所能及的範圍之外；應該是綁架者為了防禦其他貓，或為了炫耀這非比尋常的戰利品的某些笨拙動作，才從牠嘴裡掉下來的；線緊緊纏住

而馬可瓦多不管怎麼搖撼樹枝都沒辦法解開它。同時一場激烈的鬥爭在貓群中展開，牠們為了取得那不可及的魚，或者說是為了試圖取得該項權利而戰。每一隻都要阻止別隻向上攀跳：這隻撲向那隻，在空中廝殺，互相纏滾，夾雜著嘶嘶聲、哀鳴、哈氣、凶殘的貓叫，並在最後，一場大戰在颯颯的枯葉旋風中爆發。

馬可瓦多在多次拉扯無效後，現在發現釣魚線鬆開了，不過得留意提牠下來的方式：否則鱒魚會正好掉入打群架的暴怒的貓陣中。

就在這個時候，從花園的牆頭落下奇怪的雨滴：魚骨、魚頭、魚尾巴、肺片和內臟。貓咪們立即轉移注意力從懸掛的鱒魚改撲向新的食物。對馬可瓦多而言，正是解開繩子取回鱒魚的大好時機。不過，在他還沒準備行動前，從前小別墅的一扇百葉窗伸出兩隻枯黃的手，一隻揮著剪刀，另一隻舞著長柄煎鍋。帶著剪刀的手揚至鱒魚上方，帶著煎鍋的手則伸到下方。剪刀把繩子剪斷，鱒魚掉入煎鍋，縮回手、剪刀、煎鍋，關起百葉窗：全部只花了一秒鐘的時間。馬可瓦多真的丈二摸不著頭腦。

「您也是貓的朋友嗎？」肩後傳來的聲音讓他回過頭去。他被一群女人包圍，有些好老好老，頭上戴著過時的帽子，其他的比較年輕，看起來像是老處女。大家都手提著或皮包裡擺著紙包裝好的剩魚剩肉，有的人還拎著一小鍋牛奶。「您幫我把這個小包丟到柵欄那邊去，給那些可憐的小動物嗎？」

所有的貓友都約定在那個時刻到枯葉花園來帶東西給她們的寵物吃。

「能不能告訴我，為什麼這些貓統統聚集在這裡？」馬可瓦多問。

「您要牠們去哪裡？只剩下這個花園了！連方圓幾公里之內別的社區的貓也到這裡來……。」

「還有小鳥，」另外一個插嘴進來，「在這麼幾棵樹上，有上百隻的鳥隱居著……。」

「至於青蛙，都住在那個池子裡，到了晚上牠們呱呱蛙鳴，嗚哇嗚哇……連住在附近七樓的住宅都聽得到……。」

「是誰的，這棟小別墅？」馬可瓦多問。現在，柵欄前面不止那些婦女，還有其他人：對面的加油站工人、工廠小工、郵差、蔬果攤販和幾個過路人。所有人，男男女女，七嘴八舌搶著作答：每個人都要說自己的。每當遇到一個難解而又引起爭議的話題時總是如此。

「是一位女侯爵的，她住在這裡，但從不現身……。」

「他們要給她好幾百萬，那些營建公司，就為了這麼一小塊土地，可是她不願意賣……。」

「你們要她怎麼用那幾百萬，一個老太太孤伶伶的？她寧願保有她的家，即便已被切割成碎片，但總比強制搬家來得好……。」

「這是市中心唯一沒有興建的土地……每年都在增值……他們開了一個好價錢……。」

「開價而已？還有恐嚇、威脅、壓迫……想也知道，那些商人！」

「而她頂著，頂著，多少年了……。」

「是一位聖人……沒有她，那些可憐的小動物哪裡去喔？」

「她關心動物才怪，那個老吝嗇鬼！你們看過她餵牠們吃東西嗎？」

「你們要她給貓吃什麼，假如她自己都沒東西吃？她是一戶落敗家族最後的後裔！」

「她恨這些貓！我看過她敲打著傘追趕牠們！」

「那是因為牠們踐踏花圃的花！」

「你們說的是什麼花？這個花園裡我向來只看到雜草！」

馬可瓦多知道大家對這位老年女侯爵的意見十分紛歧：有人視她為天使，有人則認為她是小器鬼和自私自利的人。

「還有鳥。她從來沒給過鳥一點麵包屑！」

「她招待牠們住。你們覺得這樣還不夠嗎？」

「你們的意思是，就好像她對待蚊子一樣。牠們都是從那個水池孵出來的，夏天的時候會有蚊子吸我們的血，都怪那位女侯爵。」

「老鼠呢？這間小別墅是老鼠的寶窟，在枯葉下有牠們的窩，晚上就跑出來……。」

「老鼠的問題由貓負責……。」

「哈，你們的貓！我們要是能信賴牠們就好了……。」

「怎麼了？你對這些貓有什麼意見？」

這裡的討論演變成一場大吵。

「有關當局應該要介入：查封別墅！」一個人喊了出來。

「憑什麼權利？」另一個抗議。

「像我們這樣現代化的社區裡，一個老鼠窩……是應該被禁止的……。」

「可是我當初之所以選上我的房子，正是由於有這麼一小片綠色的視野……。」

「什麼綠地！你們想想看它可以變成一座美麗的摩天大樓！」

其實馬可瓦多也有話要說，只是找不到適當的時機。終於，他一口氣大呼出聲：「女侯爵偷了我一條鱒魚！」

出人意料的新聞給老太太的反對者帶來新話題，而就辯護者而言則正好是這位不幸的貴族子女處境貧困的證明。兩邊都贊成馬可瓦多應該去敲門問出一個理由。

不知道柵欄是用鑰匙鎖著的或是開著；總之，伴隨著哀怨的吱嘎聲一推便開。馬可瓦多在葉子和貓群中為自己開路，走上門口的階梯，大力敲門。

一扇窗戶（伸出長柄煎鍋的同一扇）拉起百葉，然後從那個角落可以看到一隻深藍的圓眼睛，一綹染過但說不出是什麼顏色的頭髮，和一隻枯瘦的手。一個聲音說：「是誰？誰敲門？」同時飄出一股煎魚味。

「我，侯爵女士，我是鱒魚的主人，」馬可瓦多解釋，「我不想打擾您，只是想告訴您關於那條鱒魚，是在您不了解的情況下，那隻貓從我這裡偷去的，可是是我把牠釣起來的，看釣魚線就可以知道……。」

「貓，每次都是貓！」女侯爵回答，躲在百葉窗後面，聲音尖銳又帶點鼻音。「所有我的災難都來自貓！沒有人知道這句話是什麼意思！我是那些死畜牲日以繼夜的囚犯！還有人們倒在牆後的所有那些垃圾，都是為了跟我作對！」

「可是我的鱒魚……。」

「您的鱒魚！您要我知道什麼您的鱒魚！」女侯爵的聲音幾乎變成尖喊，彷彿想要掩蓋和炸魚味一起飄出窗外的平底鍋油爆聲。「我怎麼能了解所有這些發生在我家裡的事？」

「是啊，不過您到底拿了我的鱒魚還是沒有？」

「我承受了所有這些因貓而帶來的損害！呵，我倒要看看！我不負任何責任！應該是由我來說我損失了什麼！多少年來貓占據了我的家和花園，我的生活都被這些畜牲所支配！去找貓主，要求賠償損失！損失？被毀滅的一生：我是這裡的囚犯，一步也不能動！」

「可是，對不起，誰強迫您留在這兒？」

從原先一會兒露出一隻圓而深藍的眼睛，一會兒露出只剩兩顆凸出牙齒的嘴巴的百葉窗裡，現在可以看到整張臉，而馬可瓦多隱約中彷彿看到了一張貓臉。

「牠們，把我監禁起來，牠們，貓！哦，要是我能離開就好！我多希望有一間自己的小房子，在現代化的公寓裡，乾乾淨淨的！可是我沒辦法出去……牠們跟著我，橫擋著我的步伐，絆我的腳！」聲音漸成低語，好像在吐露一樁祕密。「牠們怕我把土地賣了……不放開我……不允許……當營建商來確定合約時，您應該看看牠們，那些貓！牠們插身其中，伸出指甲，還嚇跑了一位公證人！有一次我有一份合約，正要簽字時，牠們從窗戶撲進來，弄翻了墨水瓶，撕破了所有的紙張……。」

馬可瓦多突然記起時間，記起倉庫，記起車間主任。當他躡手躡腳踩著枯葉遠離時，那被煎鍋油煙包裹住的聲音繼續由百葉窗的縫隙滲出：「牠們還把我抓傷……我還有傷疤……被遺棄在這裡受這些惡魔的擺布……。」

冬天來了，一朵朵白色的雪花裝飾著枝椏、柱頭和貓的尾巴。在雪的覆蓋下枯葉腐化成爛泥。很少見到閒逛的貓咪，貓友們就更少了；魚骨罐頭只有現身在家的貓才有份。已經好一陣子沒有人看見女侯爵了，小別墅的煙囪也不再冒煙。

一個下雪天，花園裡像春天一樣又回來了許多貓，如同有月亮的夜晚那樣咪嗚咪嗚地喵喵亂叫。鄰居知道一定發生了什麼事，去敲女侯爵的門，沒人回應：她死了。

春天時，一家營造廠在花園裡設了工地。挖土機下伸到很深的地方準備挖地基，鋼筋間灌入水泥，高高的起重機銜起欄木交給工人搭建鷹架。可是怎麼能工作呢。貓群在所有的支架間散步，把磚塊和乾灰泥碰落，在砂漿中廝鬥；每當要抬起一根鋼筋時，就會發現一隻蜷臥在頂端的貓暴怒地哈氣；比較奸詐的貓則跳到泥水匠肩上好像要呼嚕撒嬌，卻再也趕不走了。鳥也繼續在框格中築巢，起重機的駕駛室像是一只大鳥籠而且沒有哪一桶水不會發現擁擠的青蛙在呱呱鳴叫活蹦亂跳……。

5 希臘神話中的帶翼獅身人面怪物。

冬天

20 聖誕老公公的孩子

在工商業界，一年當中沒有任何其他時刻，能像聖誕節和之前的那個星期那樣和善多禮。路上揚起輕快的風笛，那些直到昨天仍冷冰冰地全神貫注於計算營業額與紅利的股份有限公司，也敞開心胸開始關懷和微笑。現在董事會唯一的念頭就是給大家帶來歡樂，把附有賀函的禮品送往姐妹公司還有其他私人企業；每一間公司都覺得應該從另一間公司買進大批貨物好送禮給其他公司，然後再輪到這些公司從另一間公司買進大批現貨送禮給其他公司；商店行號的窗戶直到很晚還亮著，特別是倉庫的工作人員更得加班捆紮包裹和箱子；在模糊不清的玻璃那面，結了一層冰的人行道上站出了風笛手，他們從漆黑神祕的山上下來，停在市中心的交叉路口，有點因為過多的燈光和華麗的櫥窗而眼花，頭低低地往他們的樂器裡吹氣：在那樂聲中，商人間沉重的利潤競爭趨於平息，轉而展開的是另一場新的比賽：看誰能用最討人喜歡的方式送出最可觀及最獨特的禮物。

Sbav的公共關係部門那一年建議由一名穿著聖誕老公公衣服的人把禮物送到重要人士的家裡去。

這個想法得到各部門主管一致的贊成通過，於是買進了一套聖誕老公公的服飾：白鬍子、紅帽子和鑲滾著皮草的紅大衣、大靴子。開始讓雜工來試穿看哪一個合適，可是這個個子太矮了鬍子會垂到地上，那個太壯了塞不進大衣裡，另一個太年輕了，再換一個又太老了不值得幫他化妝。

當人事處從各部門叫來其他可能的聖誕老公公人選時，主管們聚在一起試著發展計畫：勞資關係部希望所有勞工的禮盒也能在團拜時由聖誕老人分送；業務部則要聖誕老人到各商店轉一圈；廣告部想的是怎麼讓公司的名號更顯眼，或許可以用一條繩子掛著四粒寫著S．B．A．V的大球。

蓬勃和熱情的氣氛感染著所有人，並擴散到歡樂的生產的城市中；沒有別的感覺比身邊有商品流動而且人們彼此關愛要來得更美的；尤其後者——正如風笛的音符嗚嚕嗚嚕提醒著我們——，才是最有意義的。

在倉庫裡，這些關愛——物質的和精神的——以商品的形式經由馬可瓦多的手裝卸。讓他覺得自己是這個節慶中一分子的，不僅是裝卸的動作，他還想到在成千上百迷宮般的包裹底部有一盒勞資關係部為他準備的、只屬於他的禮品等待著他，同時盤算著這個月月底加上「第十三個月的薪水」及「加班費」後將有多少錢可以領。有了那些錢，連他也有可能奔往商店，買買買，送禮送禮送禮，彷彿用他誠摯的情感附和著工商業界的關心。

人事處處長手裡拎著假鬍子走進倉庫：「喂，你！」叫馬可瓦多，「你試戴一下這把鬍子。好極了，聖誕老人就是你。到樓上來，快一點。如果你能在一天之內送五十份禮物到家，就會得到一份特別獎。」

馬可瓦多裝扮成聖誕老公公在城裡遊走，騎在一輛裝滿了由五彩色紙包綑、彩帶綁紮並綴有櫟樹及冬青樹小枝的禮物的小貨車上。棉絮做的白鬍子搔得他有點癢，不過可以在嚴寒中保護他的喉嚨。

他的第一站是自己家，因為忍不住要讓小孩們驚喜一下。「一開始，」他想：「他們一定認不出我來，然後不知道他們會笑成怎樣！」

小孩們正好在樓梯那兒玩耍。頭才稍稍一轉，「回來啦，爸。」

馬可瓦多心情惡劣。「怎麼……你們沒看到我穿什麼衣服？」

「穿什麼衣服？」小彼得說。「聖誕老人的衣服，不是嗎？」

「你們一下子就認出我了？」

「怎麼不！我們還認出了西吉斯蒙多先生，他化妝得比你好多了！」

「還有門房的姐夫！」

「還有對門雙胞胎的爸爸！」

「還有那個留辮子的愛內斯汀娜的舅舅！」

「全都穿著聖誕老公公的衣服？」馬可瓦多問，他聲音中透出的失望不只是因為家人沒有驚喜，也是因為多少覺得他公司的聲望受到了打擊。

「當然，都穿得跟你一樣，真無聊，」小孩們回答，「聖誕老公公，老套，戴著假鬍子。」然後便轉過身去，埋身玩他們的遊戲。

可見許多公司的公共關係部門同時想到了如出一轍的主意：這些公司招聘了不少人，尤其是失業的、退休的和流動攤販，讓他們穿上紅大衣和棉絮鬍子。小孩們除了剛開始幾次從偽裝中辨認出認識的或社區內的人樂不可支外，沒過多久就習以為常不再理睬了。

看起來小孩們現在在玩的遊戲很讓他們著迷。他們聚在樓梯平臺上，圍坐成一圈。「我可以知道你們在搞什麼鬼嗎？」馬可瓦多問。

「不要煩我們，爸，我們在準備禮物。」

「給誰禮物？」

「給一個窮小孩。我們得找到一個窮小孩然後送他禮物。」

「誰告訴你們要這樣做的？」

「故事書。」

馬可瓦多真想說：「你們才是窮小孩！」但是那個星期他是如此確信地認為自己是安樂鄉的居民，那兒大家都在採購，盡情歡樂，彼此送禮，他覺得談貧窮實在是很失禮的，只好這麼說：「窮小孩已經不存在了。」

小米開爾站起來問：「就是因為這樣，爸，所以你才不送禮物給我們嗎？」

馬可瓦多覺得心頭一緊。「現在我得去賺加班費了，」匆匆忙忙地說，「然後再帶禮物給你們。」

「你怎麼賺加班費？」小菲利浦問。

「送禮物。」馬可瓦多回答。

「給我們？」

「不，給別人。」

「為什麼不是給我們？你可以更早送完……。」

馬可瓦多試著解釋：「因為我不是勞資關係部的聖誕老公公，而是公共關係部的聖誕老公公，你們懂了嗎？」

「不懂。」

「沒辦法。」但由於他實在很想為自己的空手而來求得原諒，所以考慮帶小米開爾跟著他去送禮。「如果你乖乖的就可以來看你爸爸送禮給別人。」他說，騎在小貨車的座椅上。

「我們走吧，也許我會找到一個窮小孩。」小米開爾跳上去，抓緊爸爸的肩膀。

在城裡的路上馬可瓦多不斷遇到其他紅紅白白的聖誕老人，跟他一模一樣，有的也開著小卡車或小貨車，有的則幫那些拎著大包小包的顧客打開商店的門，要不就幫他們把購買的商品提到汽車上。所有這些聖誕老公公看起來都那麼聚精會神、忙碌異常，就像是負責這座巨大的節慶機器維修工作的雇員。

而馬可瓦多跟他們一樣，依名單上的地址跑完這家跑那家，走下座椅，在小貨車的包裹中挑選，拿起一個，把它交給來開門的人，並抑揚頓挫地吟誦著：「Sbav公司祝您聖誕快樂及新年愉快。」然後收下小費。

小費有時候挺可觀的，說起來馬可瓦多應該是很滿意的，但是他總覺得少了些什麼。每一次，在按鈴之前，身後跟著小米開爾，他預期著開門的人看到面前站著聖誕老公公本人時的驚奇和對節慶、好奇、感恩的盼望。但每一次，接待他的方式就只像平日見到送報的郵差那樣。

按下一家豪華住宅的門鈴，一位女管家來開門。「哦，又有一個包裹，誰送的？」

「Sbav公司祝您……。」

「好吧，你們帶來這兒，」領著聖誕老人走過一條滿是掛毯、地毯和彩飾陶器的走道。小米開爾張大了眼睛，跟在爸爸後面。

女管家打開一扇玻璃門，進入一間天花板好高好高的大廳，大到裡面擺進了一整棵杉樹。那是一株閃著五彩玻璃球的聖誕樹，枝梗吊著各式各樣的甜點和禮物。天花板懸下水晶燈，杉樹最高處纏有燦爛的垂飾。在一張大桌子上擺著水晶器皿、銀器、蜜餞禮盒和一箱箱的酒。玩具散布在地毯上，多得簡直像是玩具店，主要都是複雜的電子機器人和太空飛船。那張地毯一處騰空的角落裡，有一個小孩，趴躺在地上，大概九歲左右，噘著嘴一副很無聊的樣子，翻著一本圖畫書，好像周圍一切都與他無關。

「強法蘭克，快，強法蘭克，」女管家說，「你看到沒有，聖誕老公公帶著另外一個禮物又回來了。」

「三百一十二，」小孩嘆口氣，眼睛並沒離開過書。「放在那兒吧。」

「是送來的第三百一十二份禮物，」女管家說，「強法蘭克很棒，會計算，一個也不漏，他最喜歡數數字了。」

躡手躡腳地，馬可瓦多和小米開爾離開那個家。

「爸，那個小孩是窮小孩嗎？」小米開爾問。

馬可瓦多正專心整理貨車上的貨沒有馬上回答。但是過了一會兒，趕緊聲明：「窮？你說誰？你知道他爸爸是誰嗎？是聖誕節促銷發展協會會長！受勛者……。」

他突然停了下來，因為沒看到小米開爾。「米開爾，米開爾！你在哪裡？」小米開爾不見了。

「真奇怪，難道他看見另一個聖誕老人經過，以為是我，就跟在人家後面……。」馬可瓦多繼續送禮，但是有點心不在焉，而且急著想回家。

在家裡，找到小米開爾和他的弟弟待在一塊，乖乖的。

「你說說看，你跑到哪裡去野啦？」

「回家，拿禮物啊……就是要送給那個窮小孩的禮物……。」

「啊！誰？」

「那個很沮喪的小孩……住在有聖誕樹的別墅裡的那個……。」

「送給他？你能送什麼禮物給他？」

「喔，我們準備得不錯……三個禮物，用錫箔紙包的。」

弟弟們插話進來。「我們一起去送禮物給他的，你沒看到他有多高興！」

「才有鬼！」馬可瓦多說。「他需要你們的禮物才會高興？」

「真的，我們的禮物……他馬上跑過來把紙撕開看是什麼東西……。」

「什麼東西？」

「第一個是一根榔頭：那種大大的，圓的，木頭做的……。」

「他呢？」

「高興得跳起來！抓著它就開始用啦！」

「怎麼用？」

「他敲裂了所有的玩具！還有那些水晶器皿！然後拿起第二個禮物……。」

「是什麼？」

「彈弓。你真應該看看他，多快樂啊……他打破了所有聖誕樹上的玻璃球，之後就瞄向大燈……。」

「好了，好了，我不要聽了！那……第三個禮物呢？」

「我們沒有東西送他啦，所以我們用錫箔紙包了一盒廚房用的火柴。這是最讓他興奮的禮物，他說：『他們從來都不准我碰火柴！』就開始劃火柴，然後……。」

「然後？」

「把所有東西都點上火！」

馬可瓦多手插在頭髮裡。「我完了！」

第二天到公司上班時，覺得風雲密布。重新穿起聖誕老人的衣服，快手快腳地，把要分送的包裹裝到小貨車上。還沒有人向他提及什麼，已經要謝天謝地了，直到眼見三個人朝著他走過來，他們是公共關係部、廣告部和業務部的主管。

「停！」他們說，「全部卸下來，馬上！」

「終於！」馬可瓦多自言自語，並且預料自己已經被開除了。

「快點！得換包裹！」三位部門主管說。「聖誕節促銷發展協會開始宣傳推出破壞性禮物。」

「就這麼突然……」其中一個評論道。「他們可以早一點想到……。」

「是會長意外的發現，」另一個解釋。「好像他的小孩收到了一些很新潮的禮品，我猜是日本貨，他第一次看到小孩這麼興致勃勃……。」

「最重要的是，」第三個人補充，「破壞性禮物能夠損毀任何一種物品；正好可以加快消費速度重予市場繁榮……而且只要很短的時間又在小孩能理解的範圍內……會長眼見開拓了一個新的前景，高興得不得了……。」

「這個小孩，」馬可瓦多用一絲聲音問，「真的弄壞了很多東西？」

「就算要大略估計也很難，因為整棟房子都燒掉了……。」

馬可瓦多回到燈火通明一如夜晚的馬路上，擠滿了母親和小孩和叔叔和爺爺和包裹和氣球和搖擺木馬和聖誕樹和聖誕老人和雞和火雞和蛋糕和酒和風笛和清掃煙囪的工人還有在熾熱的圓黑爐上用平鍋炒栗子的小販。

城市似乎縮小了，裝在一支明亮的細頸瓶中，深埋於叢林幽暗的心臟地帶，在百年栗樹的樹幹和無止境的雪地之間。漆黑中的某個地方傳出狼的嗥叫；幼野兔在雪中、在栗樹的捲葉層下溫暖的紅土中藏有牠們窩。

一隻幼野兔跳了出來，粉白粉白地待在雪地上，動動耳朵，在月亮下奔跑，不過因為牠是白色的所以看不見，就跟沒有一樣。只有牠的腳在雪上留下淺淺的足跡，好像紫苜蓿的葉。也看不見狼，因為牠是黑色的，而又躲在叢林黑色的昏暗中。唯有當牠張開嘴巴時，才能看到那煞白銳利的牙齒。

全黑的叢林以一條線告終，然後開始全白的雪。幼野兔在這邊而狼在那邊。

狼看著幼野兔在雪地上的足跡跟蹤而來，但始終匿身於黑暗中，讓人瞧不見。足跡停下來的地方就應該是幼野兔所在地吧，狼從黑暗中現身，敞開血紅的喉嚨和鋒利的牙齒，捲起一股激風。

幼野兔其實在更那邊一點，隱形的；用腳蹭蹭耳朵，跳著跑開了。

在這？在那？不，還要再過去一點？

只看到一望無際的雪白，就像這一頁。

大師名作坊 925
馬可瓦多

作者—伊塔羅・卡爾維諾
譯者—倪安宇
繪者—黃亮昕
編輯—張瑋庭
美術設計—廖韡
內頁排版—芯澤有限公司

總編輯—嘉世強
董事長—趙政岷
出版者—時報文化出版企業股份有限公司
108019臺北市和平西路三段二四〇號三樓
發行專線—(〇二)二三〇六—六八四二
讀者服務專線—〇八〇〇—二三一—七〇五
(〇二)二三〇四—七一〇三
讀者服務傳真—(〇二)二三〇四—六八五八
郵撥—一九三四四七二四時報文化出版公司
信箱—10899臺北華江橋郵局第99信箱
時報悅讀網—http://www.readingtimes.com.tw
電子郵件信箱—liter@readingtimes.com.tw
法律顧問—理律法律事務所 陳長文律師、李念祖律師
印刷—勁達印刷有限公司
初版一刷—一九九四年十一月十六日
二版一刷—二〇二三年十月十三日
定價—新臺幣三八〇元
(缺頁或破損的書，請寄回更換)

時報文化出版公司成立於一九七五年，
並於一九九九年股票上櫃公開發行，於二〇〇八年脫離中時集團非屬旺中，
以「尊重智慧與創意的文化事業」為信念。

馬可瓦多 / 伊塔羅・卡爾維諾(Italo Calvino)著；倪安宇譯；黃亮昕圖. -- 二版. -- 臺北市：時報文化, 2023.10
面； 公分. -- (大師名作坊;925)
譯自：Marcovaldo ovvero Le stagioni in città
ISBN 978-626-374-390-8

877.57 112015931

ISBN 978-626-374-390-8
Printed in Taiwan